Née en 1986 à Alger, Kaouther Adimi vit à Paris. *Nos richesses*, son troisième roman, a reçu le prix Renaudot des lycéens et le prix du Style 2017. Elle a également reçu le prix littéraire de la Vocation, en 2011, pour *L'Envers des Autres*. Son dernier roman, *Les petits de Décembre*, a paru au Seuil.

DU MÊME AUTEUR

L'Envers des autres
Actes Sud, 2011

Des pierres dans ma poche
Seuil, 2016
et « Points », n° P5040

Les petits de Décembre
Seuil, 2019

Kaouther Adimi

NOS RICHESSES

ROMAN

Éditions du Seuil

En exergue :
Frédéric-Jacques Temple, « Paysages lointains »,
Phares, balises & feux brefs, © Éditions Bruno Doucey, 2012.
Jean Sénac, « Lettre d'un jeune poète algérien à tous ses frères »,
Pour une terre possible… Poèmes et autres textes inédits,
© Marsa Éditions, 1999.

Pour les citations au fil du texte :
Jean El Mouhoub Amrouche, *Journal (1928-1962)*,
édité et présenté par Tassadit Yacine Titouh, © Non Lieu, 2009.
Edmond Charlot et Frédéric Jacques Temple,
Souvenirs d'Edmond Charlot, entretiens avec Frédéric Jacques Temple,
coll. « Méditerranée vivante/essais », © Domens, 2007.
Jean Giono, *Les Vraies Richesses*,
© Éditions Grasset & Fasquelle, 1937.
Fonds Armand Guibert, « Patrimoine méditerranéen »,
Bibliothèque interuniversitaire de Montpellier.
Jean Sénac, Carnet (14 mai 1945), cité par Hamir Nacer Khodja,
Sénac chez Charlot,
coll. « Méditerranée vivante/essais », © Domens, 2007.
Emmanuel Roblès, propos rapportés par Guy Dugas,
Roblès chez Charlot,
coll. « Méditerranée vivante/essais », © Domens, 2014.
Michel Puche, *Edmond Charlot éditeur*, préface de Jules Roy, © Domens, 2015.
Henri Bosco, *Le Mas Théotime*, © Gallimard, 1945.

TEXTE INTÉGRAL

ISBN 978-2-7578-7165-2
(ISBN 978-2-02-137380-6, 1re publication)

© Éditions du Seuil, 2017
à l'exception de la langue française en Algérie

Le Code de la propriété intellectuelle interdit les copies ou reproductions destinées à une utilisation collective. Toute représentation ou reproduction intégrale ou partielle faite par quelque procédé que ce soit, sans le consentement de l'auteur ou de ses ayants cause, est illicite et constitue une contrefaçon sanctionnée par les articles L. 335-2 et suivants du Code de la propriété intellectuelle.

« El Biar
je dévale vers le port
par le chemin du Télemly
qui flambe au soleil.
La rue Charras sent l'anisette.
Je feuillette un livre
aux Vraies richesses. »

Frédéric Jacques Temple,
Paysages lointains

« Un jour viendra où les pierres elles-
mêmes crieront pour la plus grande
injustice qui est faite aux hommes de
ce pays… »

Jean Sénac,
Lettre d'un jeune poète algérien
à tous ses frères

À ceux de la rue Hamani

Alger, 2017

Dès votre arrivée à Alger, il vous faudra prendre les rues en pente, les monter puis les descendre. Vous tomberez sur Didouche-Mourad, traversée par de nombreuses ruelles comme par une centaine d'histoires, à quelques pas d'un pont que se partagent suicidés et amoureux.

Descendre encore, s'éloigner des cafés et bistrots, boutiques de vêtements, marchés aux légumes, vite, continuer, sans s'arrêter, tourner à gauche, sourire au vieux fleuriste, s'adosser quelques instants contre un palmier centenaire, ne pas croire le policier qui prétendra que c'est interdit, courir derrière un chardonneret avec des gosses, et déboucher sur la place de l'Émir-Abdelkader. Vous raterez peut-être le *Milk Bar* tant les lettres de la façade rénovée récemment sont peu visibles en plein jour : le bleu presque blanc du ciel et le soleil aveuglant brouillent les lettres. Vous observerez des enfants qui escaladent le socle de la statue de l'émir Abdelkader, souriant à pleines dents, posant pour leurs parents qui les photographient avant de s'empresser de poster les photos sur les réseaux sociaux. Un homme fumera sur le pas d'une porte en lisant le journal. Il faudra le saluer et échanger quelques politesses avant de rebrousser chemin, sans oublier de jeter un coup d'œil sur le côté : la mer argentée qui pétille, le cri des mouettes, le bleu toujours, presque blanc. Il vous faudra suivre le ciel, oublier les immeubles haussmanniens et passer à côté de l'Aéro-habitat, barre de béton au-dessus de la ville.

Vous serez seul, car il faut être seul pour se perdre et tout voir. Il y a des villes, et celle-ci en fait partie, où toute compagnie est un poids. On s'y balade comme on divague, les mains dans les poches, le cœur serré.

Vous grimperez les rues, pousserez les lourdes portes en bois qui ne sont jamais fermées à clé, caresserez l'impact laissé sur les murs par des balles qui ont fauché syndicalistes, artistes, militaires, enseignants, anonymes, enfants. Des siècles que le soleil se lève au-dessus des terrasses d'Alger et des siècles que nous assassinons sur ces mêmes terrasses.

Prenez le temps de vous asseoir sur une des marches de la Casbah. Écoutez les jeunes musiciens jouer du banjo, devinez les vieilles femmes derrière les fenêtres fermées, regardez les enfants s'amuser avec un chat à la queue coupée. Et le bleu au-dessus des têtes et à vos pieds, le bleu ciel qui plonge dans le bleu marine, tache huileuse s'étirant à l'infini. Que nous ne voyons plus, malgré les poètes qui veulent nous convaincre que le ciel et la mer sont une palette de couleurs, prêts à se parer de rose, de jaune, de noir.

Oubliez que les chemins sont imbibés de rouge, que ce rouge n'a pas été lavé et que chaque jour, nos pas s'y enfoncent un peu plus. À l'aube, lorsque les voitures n'ont pas encore envahi chaque artère de la ville, nous pouvons entendre l'éclat lointain des bombes.

Mais vous, vous emprunterez les ruelles qui font face au soleil, n'est-ce pas ? Vous parviendrez enfin rue Hamani, l'ex-rue Charras. Vous chercherez le 2 bis que vous aurez du mal à trouver car certains numéros n'existent plus. Vous serez face à une inscription sur une vitrine : *Un homme qui lit en vaut deux.* Face à l'Histoire, la grande, celle qui a bouleversé ce monde mais aussi la petite, celle d'un homme, Edmond Charlot, qui, en 1936, âgé de vingt et un ans, ouvrit la librairie de prêt *Les Vraies Richesses.*

1

Le matin du dernier jour. La nuit s'est retirée, inquiète. L'air est plus épais, le soleil plus gris, la ville plus laide. Le ciel est chargé de gros nuages. Les chats de gouttière sont aux aguets, les oreilles dressées. Le matin d'un dernier jour, c'est comme un jour de honte. Les moins courageux d'entre nous pressent le pas, font mine de ne rien comprendre. Les parents tirent par le bras leurs rejetons qui s'attardent, curieux.

Il y a d'abord eu un grand silence rue Hamani, l'ex-rue Charras. C'est rare, un tel calme dans une ville comme Alger, toujours agitée et bruyante, perpétuelle-ment en train de vibrer, de se plaindre, de gémir. Et puis, le silence a fini par se briser lorsque des hommes ont abaissé le grillage sur la vitrine de la librairie *Les Vraies Richesses*. Oh, il ne s'agit plus d'une librairie depuis les années 1990 et depuis sa reprise par l'État algérien à madame Charlot, la belle-sœur de l'ancien propriétaire. C'est une simple annexe de la Bibliothèque nationale d'Alger. Un lieu sans nom devant lequel les passants s'arrêtent rarement. Nous continuons tout de même à l'appeler la librairie des *Vraies Richesses*, comme nous avons longtemps continué à dire la rue Charras au lieu de la rue Hamani. Nous sommes les habitants de cette ville et notre mémoire est la somme de nos histoires.

Quatre-vingts ans qu'elle résistait! écrit sur un carnet à la couverture noire un jeune journaliste plein de zèle dépêché sur place. Il a des yeux de fouine, pensons-nous, et cela ne nous rassure pas. Cette librairie mérite mieux que ce garçon qui sent l'arriviste à plein nez. *Peu de monde, ciel triste, ville triste, rideau de fer triste sur les livres*, ajoute-t-il dans son carnet avant de se raviser et de barrer *ville triste*. Il réfléchit et son visage se plisse presque douloureusement. Il débute dans la profession. Son père, propriétaire d'une grosse entreprise de plastique, a passé un marché avec le rédacteur en chef : l'embauche de son fils contre l'achat d'encarts publicitaires. Depuis nos fenêtres, nous suivons des yeux ce journaliste un peu gauche. *Coincée entre une pizzeria et une épicerie, il y a l'ancienne librairie des* Vraies Richesses, *qui fut fréquentée par d'illustres écrivains.* Il mâchouille son stylo, griffonne dans la marge. *(Il y avait Camus mais qui sont les autres dont les photos sont punaisées à l'intérieur de la librairie ? Edmond Charlot, Jean Sénac, Jules Roy, Jean Amrouche, Himoud Brahimi, Max-Pol Fouchet, Sauveur Galliéro, Emmanuel Roblès… Aucune idée. Faire des recherches). Dehors, sur la petite marche où s'installait le jeune Albert Camus pour corriger des manuscrits, une plante est posée. Personne ne pense à l'emporter. Ultime survivante (ou ultime témoin ?). Cette librairie/bibliothèque était parfaitement entretenue : sa belle façade vitrée brille de mille feux (vérifier si briller de mille feux est un cliché).* Il met un point et va à la ligne : *Le ministère de la Culture a refusé de répondre à nos questions. Pourquoi céder une bibliothèque municipale à un acheteur privé ? Cela ne dérange donc personne que nous ne puissions plus lire, plus nous instruire ? Un homme qui lit en vaut deux.*

C'est ce qui est marqué en français et en arabe sur la façade vitrée de la librairie, mais un homme qui ne lit pas ne vaut rien. Il barre cette dernière phrase et continue : *En ces temps de crise économique, l'État croit bon de vendre de tels lieux aux plus offrants. Depuis des années, il dilapide l'argent du pétrole et maintenant, les ministres crient : « c'est la crise », « nous n'avons pas le choix », « ce n'est pas grave, le peuple a besoin de pain, pas de livres, vendons les bibliothèques, les librairies ». L'État brade la culture pour construire des mosquées à tous les coins de rue ! Il y a un temps où les livres étaient si précieux que nous les regardions avec respect, que nous les promettions aux enfants, que nous les offrions aux êtres aimés !*

Content de son ébauche d'article, le journaliste s'éloigne, carnet noir à la main, stylo dans la poche, sans un regard pour Abdallah, le préposé au prêt des *Vraies Richesses* que nous appelons le libraire. Ce dernier est seul sur le trottoir, rue Charras. Il mesure presque deux mètres, et même s'il doit prendre appui sur une canne en bois, il reste imposant. Il porte une chemise bleue et un pantalon gris. Un drap blanc, en coton égyptien épais, propre quoiqu'un peu jauni, est posé sur ses épaules. Le visage de l'homme est ridé, son teint pâle, sa bouche bien dessinée. Il ne dit rien. Il se contente de fixer la grande vitrine de ses immenses yeux noirs, pénétrants. C'est un taiseux Abdallah, un être plein de fierté qui a grandi en Kabylie, à une époque et dans un pays où on ne parle pas de ses sentiments. Pourtant, si le journaliste avait pris le temps de l'interroger, le vieil homme lui aurait peut-être raconté de sa voix à l'intonation grave, apaisante, ce que représente ce lieu pour lui et pourquoi il a aujourd'hui le cœur brisé. Oh, il n'emploierait pas cette expression de

« cœur brisé », il utiliserait d'autres mots. Il privilégierait des émotions teintées de colère, tout en tenant bien serré autour de lui ce drap blanc qu'il ne quitte jamais. Mais le journaliste est déjà loin. Il sifflote dans son bureau et tape frénétiquement sur son clavier. Il ne se rend pas compte que ses sifflotements agacent ses collègues qui échangent des regards entendus.

Rue Hamani, ex-rue Charras, la lumière grise du soleil d'hiver peine à éclairer la rue. Les commerçants ouvrent leurs magasins en prenant leur temps, rien ne presse. Boutique de lingerie, épicerie, restaurant, boucherie, salon de coiffure, pizzeria, café… Nous saluons Abdallah d'un signe de tête ou d'une légère pression sur le bras. Nous savons ce qu'il ressent. Qui n'a pas vécu un dernier jour, ici ? Des enfants traversent la rue sans respecter les passages piétons récemment repeints, peu soucieux des conducteurs de grosses voitures françaises, allemandes, japonaises – défilé international –, qui klaxonnent. Les lycéens portent des sacs à dos tagués par les copains, fument, flirtent. Les petits garçons sont vêtus de blouses bleues boutonnées jusqu'au cou et les petites filles de tabliers roses. Ils crient, s'interpellent, rient, chuchotent. Un écolier bouscule Abdallah, bredouille des excuses en levant bien haut la tête pour tenter de croiser le regard de cet homme si grand, avant de filer vers sa sœur aînée qui lui hurle de se dépêcher s'il ne veut pas une claque. « Vous êtes de sales morveux », vocifère une femme à la grosse tête et aux cheveux attachés à la va-vite sur la nuque. Équipée d'un balai et d'un seau d'eau grise à l'odeur chimique, elle frotte le trottoir. L'un des enfants lui fait un bras d'honneur. « Tu vas voir », répond-elle et vlan, elle lui balance son seau d'eau sale. L'enfant tente de

17

l'éviter mais le bas de son pantalon en toile beige est tout de même éclaboussé. Il clame, menaçant : « Je le répéterai à ma mère ! », et s'enfuit en direction de l'école. La rue est de nouveau calme, étrangement sombre. Les commerçants scrutent le ciel, anxieux. Nous ne sommes pas habitués à l'absence de soleil. « L'hiver sera dur, il emportera beaucoup de miséreux avec lui », affirme Moussa, le gérant de la pizzeria, voisin des *Vraies Richesses*. Il est connu dans tout le quartier pour sa générosité et sa tache de naissance en forme de continent africain sur le visage.

Appuyé sur sa canne, Abdallah pense que c'est le premier matin depuis vingt ans où Moussa ne le rejoindra pas avec un café noir. Abdallah lui a toujours interdit l'accès aux *Vraies Richesses* avec une boisson, effrayé à l'idée qu'il puisse tacher les livres. Il sait qu'en fin de journée une petite fille accompagnée de sa mère viendra choisir des livres pour la semaine. Jupe rose, gilet blanc, chaussures vernies, une couette sur le côté. Elle trouvera porte close.

Avant, nous pouvions apercevoir Abdallah, à travers la vitrine éclatante de propreté, s'affairant, se battant contre des fourmis rouges. Parfois, des adolescents du quartier attendaient qu'il ait le dos tourné pour lui chaparder des livres, mettant le bazar dans son rangement. Il laissait faire, déclarant à Moussa en haussant les épaules : « Bah, si ça leur permet de lire, ces gamins… » Son ami savait que les jeunes revendaient les livres sur un marché aux alentours mais n'osait pas en parler à Abdallah.

Dans le quartier, nous aimons bien ce vieil homme solitaire. Que pouvons-nous raconter sur lui ? Nous ignorons son âge. Il ne le sait pas lui-même. Il est présumé né. Lorsque Abdallah est venu au monde, son père était en France où il travaillait comme ouvrier dans une usine du Nord. Personne n'est allé déclarer sa naissance. Depuis, le libraire trimballe des papiers avec « présumé né » en guise de date d'anniversaire. Son âge, on le devine à sa canne, à ses mains qui tremblent plus qu'avant, à sa manière de tendre l'oreille, à sa voix qui est devenue plus forte.

Sa femme est morte, pendant la décennie noire, juste avant l'arrivée d'Abdallah rue Hamani. Quand ? Où ? Nul ne peut répondre à ces questions. Il n'est pas d'usage, ici, d'interroger un homme sur sa femme qu'elle soit vivante ou morte, belle ou laide, aimée ou haïe, voilée ou non. À notre connaissance, il n'a qu'un enfant, une fille qui s'est mariée en Kabylie.

Quand Abdallah a commencé à travailler aux *Vraies Richesses*, nous avons mesuré pour lui la librairie : sept mètres de largeur sur quatre de longueur. Il s'amusait à tendre les bras et disait qu'il pouvait presque toucher les murs. À l'étage, auquel on accédait grâce à un escalier raide, il a installé un matelas de fortune et deux couvertures bien chaudes car les lieux n'ont jamais été chauffés. Il a aussi fait l'acquisition d'un réchaud électrique, d'un minuscule réfrigérateur et d'une lampe d'appoint. Il faisait ses ablutions et lavait ses vêtements dans le cabinet de toilette de la librairie.

Avant, il avait travaillé dans l'annexe d'une mairie où il était chargé de tamponner des papiers. Il y avait toutes sortes de documents sur lesquels il lui fallait apposer un cachet, toute la journée. Heureusement, les gens l'appréciaient et prenaient le temps de discuter avec lui. En 1997, après le décès de sa femme, il a été muté à sa demande dans cette librairie et on lui a remis

un courrier lui indiquant qu'il n'en bougerait pas jusqu'à sa retraite. Qui finit par arriver. Mais on l'avait
oublié là. Personne ne vint le remplacer. Incapable
d'abandonner les lieux et n'ayant ni projet ni endroit où
aller, il est resté sans se plaindre ni rien dire à personne.

Voilà tout ce que nous savons sur cet homme.

Et un jour, les premiers courriers officiels sont
arrivés, l'informant de la vente du local du 2 bis rue
Hamani au profit d'un industriel et de la fermeture
prochaine des *Vraies Richesses*. Il a pensé naïvement
pouvoir convaincre les représentants de l'État de
l'importance de maintenir ce lieu ouvert. Il a téléphoné
au ministère de la Culture mais personne ne lui a
répondu. Le numéro de téléphone était occupé en per-
manence et il n'y avait pas moyen de laisser un message car le répondeur était saturé. Il s'est déplacé pour
entendre le gardien lui rire au nez. À la bibliothèque
nationale, on l'écouta longuement avant de le raccom-
pagner à la porte sans un mot, sans une promesse.
Lorsque le nouveau propriétaire est venu visiter *Les
Vraies Richesses*, Abdallah lui a demandé ce qu'il
comptait faire de la librairie. «La vider entièrement,
virer ces vieilles étagères, repeindre les murs pour per-
mettre à l'un de mes neveux d'y vendre des beignets.
Il y aura tous les types de beignets possibles : au sucre,
à la pomme, au chocolat. Nous sommes proches de
l'université, il y a un gros potentiel. J'espère que vous
serez l'un de nos premiers clients. »

Nous avons accouru, alertés par les cris, pour trouver le propriétaire en train de se relever et d'épousse-
ter son costume. Abdallah tonnait, en brandissant le
poing, qu'il ne laisserait pas détruire la librairie
de Charlot. Le propriétaire a ricané : «C'est toi le

Charlot. » Il ne revint pas mais les courriers continuèrent d'affluer, rappelant à Abdallah qu'il devrait bientôt s'en aller. Il les montrait aux jeunes avocats du quartier, ceux qui, le midi, mangeaient des pizzas de forme carrée dans le restaurant de Moussa. Ces derniers secouaient la tête et tapotaient l'épaule du libraire. « On ne peut rien contre l'État, tu le sais bien, *el hadj*, et puis ce n'est pas une librairie, juste une petite annexe de la Bibliothèque nationale. Tu reconnais toi-même que personne n'y vient. Combien as-tu d'adhérents ? Deux ou trois, n'est-ce pas ? Pourquoi veux-tu te battre pour si peu ? Tu es vieux, abandonne. Laisse-les prendre ce minuscule local, tu ne peux pas t'y opposer », affirmaient-ils. « Alors, ils peuvent tout vendre ? Une librairie aujourd'hui, un hôpital demain ? Et moi, je dois juste me taire ? » Les jeunes avocats, mal à l'aise, ne répondaient pas et se contentaient de commander une autre pizza accompagnée d'une limonade.

La veille de la fermeture, Abdallah a fait un malaise. Son cœur battait fort et semblait prêt à sortir de son torse, c'était certain. L'homme a réussi à ouvrir la porte de la librairie avant de tomber sur le seuil. Il avait un voile devant les yeux. Il a entendu des bruits de pas qui couraient. Des pas qui s'éloignaient. D'autres qui s'approchaient. Il pensa à la casserole d'eau qui se mettrait bientôt à frémir à l'étage. Il a levé les yeux vers la grande photo du créateur des lieux accrochée au plafond, Edmond Charlot. Abdallah s'est imaginé être en train de mourir. Des enfants l'entouraient et, à en juger par la lueur tremblotante dans leurs yeux, eux aussi pensaient la même chose.

Moussa n'avait pas le téléphone, il s'était toujours méfié de la technologie. Quand il a entendu des cris, il a posé la cafetière chaude sur la table sans se préoccuper de la trace qu'elle laisserait sur la toile cirée. Il a saisi sa canne et est sorti pour découvrir l'attroupement. L'ambulance n'arrivait pas assez vite. Des jeunes du quartier ont porté Abdallah dans la fourgonnette de l'épicier et l'ont conduit à l'hôpital. Ils retenaient comme ils pouvaient ce vieux gardien des livres en invoquant Dieu, le premier et le dernier vers qui on se tourne ici. Abdallah ne réussissait pas à reprendre son souffle. Il était agité par des convulsions et semblait chercher de l'air, les yeux exorbités. La fourgonnette bringuebalante filait à toute allure sur les routes d'Alger, évitant les trous, les dos-d'âne et les chiens errants. Le médecin a soigné le vieil homme comme on le ferait d'un animal qu'on ne va pas tarder à piquer et lui a conseillé de quitter Alger. « Cette ville a ses propres règles, vous ne pouvez pas vous y opposer, cela finira par vous tuer. Partez, vous n'avez plus rien à faire ici. »

Abdallah est retourné à la librairie. Enveloppé dans son drap blanc, il s'est couché sous la mezzanine des *Vraies Richesses*. Juste avant de s'endormir, il a repensé à sa première nuit ici, à son incrédulité de se retrouver dans un pareil lieu, lui qui n'avait pas pu aller à l'école avant l'indépendance du pays et qui avait appris à lire l'arabe à la mosquée, et le français, oh le français, bien plus tard et difficilement.

Depuis la fermeture, Abdallah dort dans une minuscule loge attenante à la pizzeria voisine. C'est là que sont stockés la farine, la levure, les cageots de tomates, les bidons d'huile et les bocaux d'olives. Maintenant, il y a aussi un matelas en éponge et quelques coussins. Moussa héberge clandestinement son ami à l'insu du propriétaire. Le reste du temps, le libraire est planté sur le trottoir, le drap blanc jeté sur les épaules, la main appuyée sur sa canne en bois. Il a les yeux humides et toute la ville a honte d'avoir saccagé ainsi les dernières années de cet homme.

Nous nous relayons pour faire en sorte qu'il ne manque de rien. Les avocats ne déjeunent plus dans le quartier par peur de tomber sur lui et sur ses nombreuses questions auxquelles ils n'ont pas envie de chercher de réponses.

Et une nuit, alors que des jeunes du quartier refaisaient le monde en bas des immeubles, Ryad, vingt ans, est arrivé avec en poche la clé des *Vraies Richesses*.

Algérie, 1930

Les hommes fument en silence, en cercle, autour d'un garçon d'une douzaine d'années. C'est le fils de l'un d'entre eux qui a appris à lire le français à l'école des indigènes et qui leur montre la une du *Petit Journal illustré*, daté du 4 mai 1930, vendu 50 centimes. C'est une affiche sur le Centenaire de l'Algérie. Le titre s'étale en gras et en lettres majuscules : **DEPUIS CENT ANS L'ALGÉRIE EST FRANÇAISE.** L'adolescent n'ose pas poursuivre sa lecture, effrayé par les mines soudain graves des hommes qui ont même arrêté de fumer. D'un signe, son père l'encourage. Le garçon déchiffre lentement le sous-titre : « De la prise d'Alger à nos jours, un siècle a suffi pour transformer les côtes barbaresques en départements riches et prospères. » Le journal circule de main en main. Les hommes grognent en examinant l'illustration. Il s'agit d'un régiment français qui débarque en 1830 sur une côte déserte. Ils ont tout gommé : Casbah, port, jardins, maisons, cafés, marchés, tavernes, mais aussi commerces, ponts, fontaines, casernes, arbres, langue, religion… La cantate du Centenaire chantée devant Gaston Doumergue, le président de la République, en mai 1930 à l'Opéra d'Alger, est à l'image de l'affiche : tout n'était que barbarie avant l'arrivée de la France.

Les hommes parlent à voix basse :

– Jusqu'à quand allons-nous baisser la tête ? Le code de l'indigénat fait de nous une sous-catégorie d'humains dans notre propre pays. Ici, c'est chez nous !

– Il faut se battre, réclamer des droits, nous organiser.

L'enfant se fait le plus discret possible, il sait qu'au moindre geste, les hommes se souviendront qu'il est là et se tairont.

– Ils nous jetteront en prison ou nous déporteront en Nouvelle-Calédonie.

Nous sommes les indigènes, les musulmans, les Arabes. Seule une poignée d'entre nous peut faire scolariser ses enfants lorsque par miracle il y a une place dans les trop rares écoles pour indigènes. Il faut aussi pouvoir se passer de l'aide de l'enfant dans les exploitations agricoles détenues par de grandes familles coloniales. Celles-ci sont constituées en un puissant lobbying qui tient tout le pays. En métropole, on se soucie peu de nous ou des milliers de familles européennes qui sont arrivées, dès le début de la colonisation, de France, d'Espagne, d'Italie, et qui vivent dans les quartiers populaires d'Algérie.

Le Centenaire est l'occasion d'asseoir encore plus l'autorité coloniale. Des deux côtés de la rive, il est célébré avec faste. On organise des expositions. On salue, avec de grands sourires orgueilleux, les hommes politiques qui se déplacent en Algérie. On danse lors des bals sur les places des villages. Les femmes portent des robes en coton et les hommes des vestes aux revers larges. Les rires résonnent jusque tard dans la nuit. Des écrivains chantent le soleil et la joie de vivre en Algérie. Quant à nous, nous haussons les épaules car nous ne pouvons pas lire leurs écrits et nous savons bien que tout cela est faux. Ils racontent que nous croyons à toutes sortes de superstitions, que nous sommes pittoresques, que nous vivons en tribus et qu'il faut se méfier de nous. On s'agace de la nuée de petits enfants qui se collent aux passagers des bateaux pour tenter de porter les valises et de gagner quelques pièces. On prend en photo les premières promotions indigènes des élèves-maîtres de l'École normale. Jusqu'en 1921, ils ne portent pas le même uniforme que leurs camarades européens : ces derniers sont vêtus d'une tunique de drap bleu foncé, éclaircie par quelques lignes bleu azur et un col blanc. Une cravate noire vient parfaire la tenue. Pour nous, on a choisi une chéchia à gland violet, une veste orange et une ceinture verte. On nous exhibe parce que nous ressemblons à des cartes postales orientalistes et devenons exotiques dans notre propre pays. Jean Guillemin, le directeur de l'École normale, écrit un rapport sur la réorganisation de l'enseignement des indigènes. Le 20 mars 1923, il alerte l'inspecteur d'Académie d'Alger sur le danger qu'il y aurait à mélanger indigènes et Français. C'est un homme éminent. Il a la mine grave. Sa mission est fort importante : faire en sorte que les deux communautés cohabitent au sein de l'école sans se rencontrer. Il recommande un système à deux vitesses, deux niveaux, car il serait trop humiliant d'avoir un indigène meilleur qu'un Français dans la même classe. Jean Guillemin se préoccupe de la fierté de certains de ses élèves.

Tout va bien. C'est le Centenaire. Charlie Chaplin inaugure l'Aletti, hôtel art-déco construit à grands frais. Tout va bien. Le soleil brille fort, la Méditerranée est belle, on bâtit de grandes maisons coloniales entourées de jardins, et à Alger, le président de la République écoute son opéra, heureux de ce Centenaire qui glorifie la puissance du pays qu'il dirige. Il est satisfait que des indigènes aient été associés à l'organisation de l'événement. Il ignore ou n'a pas envie de savoir que ces derniers se sont sentis minoritaires. Tout va bien. Nous ne faisons pas encore assez de bruit pour gêner les festivités. La police a enfermé ou fait déporter des militants et politiciens indigènes. Tout va bien. Pourtant, le ciel est étrangement sombre et de gros nuages noirs se profilent au-dessus des têtes.

Le père attrape la main de son fils et l'entraîne dans un dédale de petites rues. « Il faut rentrer, vite, ta mère va s'inquiéter, dépêche-toi. »

Carnet d'Edmond Charlot
Alger, 1935-1936

12 juin 1935

Je serai chauve. À vingt et un ans, j'ai au moins cette certitude. Avant mon cours de philosophie avec Jean Grenier au lycée d'Alger : se plaquer les rares cheveux sur le côté pour faire illusion. Ce professeur est incroyable. Il n'enseigne pas, il raconte. Nous ne savons jamais à quoi nous attendre lorsqu'il commence à parler. Il accompagne nos pensées, nous oblige à pousser notre réflexion le plus loin possible. Un jour que nous l'avions questionné sur son dernier ouvrage, il a imaginé un vagabondage sur les différentes îles qui y sont mentionnées. Je suis loin, bien loin de mes années à l'école des jésuites (ces concentrationnaires !) où j'ai étudié en première.

23 juillet 1935

Retour à Alger après un court séjour à Paris. Discussion avec mon père tard dans la cuisine. Je lui ai fait part de ma profonde admiration pour Adrienne Monnier dont j'ai pu visiter l'extraordinaire bibliothèque de prêt *La Maison des amis des livres* au 7, rue de l'Odéon. Des centaines et des centaines de volumes. On peut tout y trouver ! Et quelle femme extraordinaire que madame Monnier... Elle m'a confié avoir démarré avec quelques milliers de francs. Il faudrait faire la même chose en Algérie. Mon père est d'accord mais en plus petit, m'a-t-il dit. Oui, en plus petit, cependant il faudrait réussir à conserver l'esprit. C'est-à-dire une librairie qui vendrait du neuf et de l'ancien, ferait du prêt d'ouvrages et qui ne serait pas juste un commerce mais un lieu de rencontres et de lecture. Un lieu d'amitié en quelque sorte avec, en plus, une notion méditerranéenne : faire venir des écrivains et des lecteurs de tous les pays de la Méditerranée sans distinction de langue ou de religion, des gens d'ici, de cette terre, de cette mer, s'opposer surtout aux algérianistes. Aller au-delà !

18 septembre 1935

Grand-père Joseph rentré de Ghardaïa. Au dîner, il m'a raconté comment il a affrété des chameaux jusqu'au désert, accompagné d'un chasseur de lions et de panthères pour le protéger d'éventuels pirates. Étrange homme qui vit pour son métier de négociant et qui invente plus qu'il ne décrit. Grand-mère secouait la tête, exaspérée. Nous avons parlé de littérature et de peinture en buvant jusqu'au milieu de la nuit. Il m'a offert un exemplaire des *Croix de bois* dédicacé par Roland Dorgelès et m'a raconté qu'avant d'obtenir le prix Femina, ce roman avait été en lice pour le Goncourt mais qu'il avait perdu au dernier tour face à Proust. L'éditeur de Dorgelès ajouta tout de même un bandeau *Prix Goncourt – 4 voix sur 10*. Je suis impressionné par la culture de grand-père qui n'a pas fait d'études. Grand-mère, elle, s'est couchée tôt, non sans me faire promettre de l'accompagner dimanche au cimetière de Saint-Eugène, sur la tombe de ma mère.

9 octobre 1935

En rangeant des livres sur mes étagères, j'ai retrouvé dix boîtes de cachous qui me restent d'un été où je les vendais aux commerçants de la ville. En chemisette, sous le soleil brûlant, je faisais la tournée des épiceries pour gagner quelques sous. Ça va me prendre un an au moins pour en venir à bout. J'en donnerai aux copains. Est-ce que les cachous ont une date de péremption ou sont-ils comme les livres, impérissables ?

14 octobre 1935

J'ai aidé la voisine à porter ses courses. Elle m'a remercié et a ajouté que j'étais bien aimable mais que j'avais un regard d'oiseau, d'aigle même, qui semblait vouloir l'engloutir. Heureusement que vous souriez, a-t-elle ajouté, sinon vous seriez effrayant. C'est toujours agréable de s'entendre dire ce genre de choses. J'ai fait mine de ne pas être vexé et j'ai remonté mes lunettes sur mon nez pour me donner une contenance.

6 novembre 1935

Jean Grenier a demandé à chacun d'entre nous ce que nous souhaitons accomplir après la fin des cours. J'ai répondu que j'étais fasciné par ce qui était imprimé. Il m'a fait remarquer qu'il y avait une place à prendre à Alger comme libraire-éditeur, et que je devais saisir ma chance. J'ai objecté que je n'avais pas les moyens de me lancer en affaires. Il m'a dit : « En se mettant à deux ou trois et avec un peu de courage, on peut facilement faire des choses qui semblent insurmontables. » Il a ajouté : « Si vous faites de l'édition, je vous donnerai un texte pour vous aider. » Je lui ai offert des cachous. Ce qui l'a beaucoup amusé.

24 décembre 1935

Nostalgique, déprimé. J'ai fouillé le carton de photos de famille que mon père range dans le bureau. Les photos sont légèrement abîmées à cause de l'humidité : ici, mon arrière-grand-père paternel, marin-boulanger de la flotte française arrivé à Alger en 1830. Également une photo de mes parents le jour de leur mariage. Au verso, la date du 6 avril 1912 est inscrite au crayon. Suivie de la simple mention *Alger*. Lui, Victor Charlot, l'air dur, fier, la moustache en V inversé, la cravate serrée. Elle, Marthe Lucia Grima, belle, si belle, l'air gêné. Ils ont respectivement vingt-trois et dix-huit ans. Et puis une vieille coupure de presse datée du 5 août 1919 qui annonce la mort de ma mère. Lecture en diagonale pour éviter que ce ne soit trop douloureux : *Monsieur Victor Charlot et ses deux fils, Edmond et Pierre... la douleur de vous faire part... perte cruelle... épouse, mère, fille... décédée à Kouba... décédée dans sa vingt-sixième année... obsèques, qui auront lieu aujourd'hui... quatre heures et demie du soir... villa Hélène à Kouba, arrêt de l'Oasis... Église Saint-Augustin... cimetière de Saint-Eugène.* Se ressaisir. La littérature, elle, ne me quittera jamais. Mon père m'a rapporté plusieurs livres. Je ne sais pas comment je satisferais ma soif de lecture s'il ne dirigeait pas un service de librairie chez Hachette.

6 janvier 1936

Je repense à ce que m'a dit le professeur Grenier. En ai parlé à quelques amis. Jean Pane et madame Couston – qui tient à ce qu'on l'appelle ainsi depuis son veuvage – sont très enthousiastes. J'en rêve jour et nuit.

12 février 1936

Au dîner, ma grand-mère m'a tendu un papier qu'elle a retrouvé en faisant du tri. Elle avait un petit sourire espiègle. C'était un mot d'un ancien professeur de l'école des jésuites. *Élève difficile et la tête dans les nuages.* Un commentaire qui me conforte dans le projet de ne pas rentrer à l'université pour mieux me consacrer à la littérature.

2 mars 1936

Je fais des calculs dans tous les sens. J'ai peu d'économies : juste l'argent obtenu grâce aux quelques cours donnés dans une école commerciale.

4 mars 1936

Madame Couston ne souhaite pas trop s'investir dans l'affaire car elle n'a que peu de temps à y consacrer, elle doit élever ses enfants toute seule. J'ai réussi à réunir 12 000 francs. Il faudra bien que ça tienne pour ce que nous souhaitons mettre en place : une maison d'édition, une librairie et que sais-je ! L'aventure sans désert, ni panthère, mais l'aventure tout de même.

9 mars 1936

Tournée de la famille qui m'encourage sans approuver mon choix. Ils me voyaient déjà employé des PTT. J'ai cru tout de même remarquer une petite lueur de fierté dans les yeux de mon père qui n'a pas les moyens de me donner de l'argent, mais qui promet de me céder tous les livres qu'il pourra récupérer chez Hachette. Mon frère, Pierre, a applaudi. Grand-père ne comprend pas. Pour lui, s'occuper de livres est un merveilleux loisir mais en aucun cas un travail. « Regarde ce que gagne ton père, une misère… » Il pense que je me fourvoie et je l'ai même entendu dire à ma grand-mère que si je tenais vraiment à vendre quelque chose, j'aurais dû choisir le négoce du vin ou des fruits.

11 mars 1936

Passé l'après-midi dans le local privé de la société musicale L'Africaine, dans le quartier de Belcourt avec Sicard, Camus, Poignant, Bourgeois, des apprentis comédiens du Théâtre du Travail fondé il y a peu. Ils répètent avec frénésie *Révolte dans les Asturies*, une pièce en quatre actes qu'ils ont écrite sous forme de canevas. L'action se déroule pendant l'insurrection ouvrière espagnole, dans une petite ville coupée en deux : d'un côté il y a les bourgeois, et de l'autre les prolétaires. Ils sont réunis dans un café pour écouter la radio qui ne va pas tarder à annoncer les résultats des élections. La droite gagne. Au même moment, on apprend que des mineurs en grève et armés envahissent la ville. Des commerçants sont tués, un camion explose... Le gouvernement envoie des troupes et des avions bombardiers qui abattent les mineurs. La pièce est brillante, caustique, mordante. Elle aura du succès, c'est certain. L'argent gagné avec la pièce sera reversé à l'enfance malheureuse européenne et indigène.

17 avril 1936

Coup de chance incroyable : un local est à louer au 2 bis de la rue Charras, juste à côté de l'université. C'est minuscule : sept mètres sur quatre environ, mais nous y serons bien. Jean Pane, madame Couston et moi, nous sommes amusés à essayer de toucher les murs latéraux en étendant les bras. Un escalier très raide qui grince – mais je vais le cirer – permet de rejoindre ce que nous appelons pompeusement « le premier étage ». Ce n'est en fait qu'un tout petit espace où nous prévoyons d'installer une planche en bois sur des tréteaux en fer pour transformer cette soupente en bureau. Je suis heureux ! Je n'ai plus d'argent, je suis endetté jusqu'au cou mais je suis heureux.

20 avril 1936

Rendez-vous avec Emmanuel Andreo qui a repris l'ancienne imprimerie de Victor Heintz, au 41, rue Mogador. Échange très intéressant avec cet homme bon qui a envie de participer à mes projets et qui fait confiance à la jeunesse. Il m'encourage à chercher des textes, lire, créer. Nous sommes convenus de faire de belles choses ensemble.

21 avril 1936

Camus me sollicite pour imprimer en urgence la pièce *Révolte dans les Asturies*. Les quatre auteurs sont furieux et désespérés par la décision du maire d'Alger, Augustin Rozis, d'interdire la représentation de leur pièce. Le sujet est brûlant et pourrait donner des idées de révolte. Quatre jeunes étudiants de lettres effraient un maire ! Plus de deux mois de travail réduits à néant. La troupe doit rembourser des frais importants déjà engagés : six cents francs pour la seule construction des décors. J'ai bien sûr accepté. Si elle ne peut être jouée, la pièce doit au moins être lue. Camus prévoit également la distribution d'un petit tract rouge dont il m'a communiqué le début :

LE THÉÂTRE DU TRAVAIL EST INTERDIT.
« RÉVOLTE DANS LES ASTURIES »
a effrayé la Municipalité.
Le préfet l'autorisait, le maire l'interdit.
Pas de prétexte : l'arbitraire.

28 avril 1936

Révolte dans les Asturies sera publié dans quelques semaines. La pièce est dédiée à « Alger pour les amis du Théâtre du Travail. À Sanchez, Santiago, Antonio, Ruiz et Léon » et sans mention des noms des auteurs. Choix du papier, des caractères, des couleurs. Le titre aura une police rouge qui sera du plus bel effet. Il y a trop de danger à le publier sous mon nom car je risque de voir le texte saisi chez moi. Après réflexion, je vais simplement apposer mes initiales en lettres minuscules et italiques : *e. c.*

5 mai 1936

Ce sera une bibliothèque, une librairie, une maison d'édition, mais ce sera avant tout un lieu pour les amis qui aiment la littérature et la Méditerranée. À peine installé au 2 bis que je suis transporté de joie. Je commence à rencontrer les voisins, des commerçants, des garçons de café. Ce sont les nouveaux personnages de mon univers. La pièce *Révolte dans les Asturies* est en vente. Il se dit que les initiales *e. c.* signifient éditions Camus. La supercherie ne tiendra pas longtemps mais nous laissons faire et surtout nous arrivons à vendre les exemplaires.

9 mai 1936

Reçu hier une lettre de Jean Giono ! Giono, le grand. Je lui avais écrit sans trop d'espoir pour lui demander l'autorisation d'appeler la librairie *Les Vraies Richesses* en référence à son récit qui m'avait ébloui et où il nous enjoint à revenir aux vraies richesses que sont la terre, le soleil, les ruisseaux, et finalement aussi la littérature (qu'est-ce qui peut être plus important que la terre et la littérature ?). J'ai failli déchirer la lettre en l'ouvrant. Fébrilité. J'ai répété à Jean Pane ce qu'il nous répond : « Vous pouvez bien évidemment utiliser ce titre. Il ne m'appartient pas. »

30 juin 1936

Chaleur et moiteur. Les cigales chantent sous ma fenêtre. Rêves étranges cette nuit : des lions et des panthères qui engloutissaient mes livres. Une femme, belle bien sûr, qui lit au premier étage de ma librairie. Des amis qui rient le soir sous la lumière chaude de la rue Charras, installés dans de drôles de fauteuils flottant dans les airs.

19 juillet 1936

Découverte d'un très beau récit de Giono dans une revue touristique. Le titre laisse rêveur : *Rondeur des jours*. Grande impression. J'ai été entraîné et plongé dans la Provence et le Midi. Texte parfait pour la librairie et qui rejoint ma conception des choses : une pensée méditerranéenne qui ne se limite pas au môle d'Alger. J'ai écrit une nouvelle lettre à Giono afin de lui demander l'autorisation d'imprimer ce texte et de l'offrir à mes premiers clients en guise de cadeau d'ouverture.

8 août 1936

Après-midi avec Jean Pane et madame Couston à préparer l'ouverture des *Vraies Richesses*. Nous avons longuement réfléchi à un slogan qui définirait nos ambitions et avons fini par nous mettre d'accord sur « Des jeunes, par des jeunes, pour des jeunes ». C'est prétentieux, nous en avons conscience, mais c'est bien ce que nous sommes, jeunes, et cela sonne comme une espèce de déclaration de guerre contre Alger, ville si conformiste ! J'ai passé la commande d'une grande pancarte blanche sur laquelle nous ferons imprimer notre devise en lettres noires.

27 août 1936

Reçu la réponse de Giono. Homme de cœur ! Il dit oui, il dit bien sûr, il est touché. Impression lancée à 350 exemplaires sur du papier de luxe. 350 exemplaires pour mes 350 premiers clients. Suis-je trop ambitieux ? Non, ça marchera !

9 septembre 1936

Lucienne, la veuve du journaliste Victor Barrucand, est passée visiter la future librairie. Elle m'a confié avoir quelques dessins réalisés par Bonnard pour un livre que préparait Victor. Elle a accepté de me les prêter afin que je puisse les exposer le jour de l'inauguration. Ce sera donc une librairie, une maison d'édition, mais aussi une galerie d'art ! Elle m'a également introduit auprès du neveu de Bonnard, qui est œnologue, rue Charras, tout près d'ici. Il a accepté à son tour de me prêter trois toiles. Fierté !

13 septembre 1936

Je passe beaucoup de temps à imaginer la future identité graphique de mes livres, les couvertures, les polices de caractère. Pour *Rondeur des jours*, je m'amuse à positionner les lettres du titre en un rond parfait. Ce sera très réussi, je crois.

1er octobre 1936

Dos en compote, visage en sueur, ongles cassés. Depuis deux jours, je transporte les livres que je possède de chez moi au 2 bis. Je fabrique des étiquettes

que je colle sur les cotes et prépare des listes alpha-
bétiques avec les noms des auteurs. C'est encore bien
vide mais il faut de l'espoir, du moins au début.

5 octobre 1936

Plus qu'un mois avant le grand jour. Nous avons
lancé les invitations. Mon père m'a apporté des
dizaines de livres supplémentaires qu'il a pu obtenir
au travail et qui complètent bien ma propre collection.

3 novembre 1936

Jour de l'inauguration ! Réveil à l'aube. Douceur de
l'hiver qui s'installe. Un mince garçon de café arabe,
au visage sec, mais aux yeux doux et à la belle moustache noire, m'a prévenu qu'il ne fallait pas s'y fier,
que l'hiver serait rude et qu'il emporterait beaucoup de
miséreux avec lui. Cela sonnait comme une prophétie
de fin du monde. Cœur serré en arrivant à la librairie.
Et si personne ne venait ?

19 novembre 1936

Depuis l'ouverture, de nombreux clients se pressent
aux *Vraies Richesses* pour emprunter ou acheter. Ils
ne sont jamais pressés, veulent discuter de tout :
des écrivains, de la couleur de la jaquette, de la taille
des caractères… Ce sont surtout des enseignants, des
étudiants, des artistes, mais aussi quelques ouvriers
qui économisent pour acquérir un roman. La grande
aventure est lancée.

24 décembre 1936

Article dans *L'Écho d'Alger* au sujet des *Vraies
Richesses*, juste avant Noël.

25 décembre 1936

Lecture de *Sel de la mer* de Gabriel Audisio, un Marseillais dont le père fut directeur de l'Opéra d'Alger. Ce texte est gorgé de jeunesse et du soleil de la Tunisie. Vive la Méditerranée ! Il me faut écrire à Audisio. Peut-être me confiera-t-il quelque chose à publier.

31 décembre 1936

Beaucoup de choses à penser : prévoir les commandes, noter les adresses d'imprimeurs dont on me parle, les rendez-vous à ne pas oublier. Et bien sûr, ne pas omettre de copier le titre des livres envoyés à l'imprimeur, les prix négociés, le nombre d'exemplaires attendus, la date prévue pour la livraison. Je dois aussi porter les paquets à la poste, régler les factures, surveiller la trésorerie, tout cela fait partie du métier d'éditeur, autant que la lecture des manuscrits et peut-être même plus ! J'ai tracé deux colonnes dans un grand cahier pour tenter de tenir les comptes : l'une pour les dépenses, elles sont nombreuses (charges, droits d'auteur, frais d'imprimerie, cotisations), et l'autre pour les recettes, bien plus maigres puisqu'il ne s'agit que de quelques centaines de francs.

2

Il fait nuit quand Ryad arrive à Alger par le dernier vol. Il a les cheveux en bataille. Personne ne l'attend, personne ne le connaît. Malgré l'heure tardive, l'aéroport est rempli de joyeux désœuvrés et de quelques sans-abri. Nous y allons afin d'accueillir nos proches, mais aussi parce que nous aimons contempler ceux qui s'apprêtent à s'envoler. Nous imaginons qu'un jour, nous aussi, nous partirons quelque part. Ryad sort de l'aéroport, l'air hagard, perdu. Un jeune homme, le visage ravagé par l'acné, lui lance : « Mille dinars et je te dépose où tu veux. »

Le chauffeur de taxi clandestin allume la radio et l'on entend l'animateur qui se lance dans un long monologue à propos de football et de politique. Ryad en profite pour regarder par la fenêtre. La route est vide, la ville mal éclairée, les restaurants sont fermés. Le chauffeur tend le bras et désigne un point au loin. « Regarde, là-bas, tu ne verras jamais de lumière. C'est la Casbah, un trou noir. » Ryad sourit, sans répondre. Quelques minutes encore et la voiture commence à ralentir avant de le déposer au début de la rue Hamani, ex-rue Charras. Le quartier est silencieux, éteint, froid. Le chauffeur s'en va sans ajouter un mot, il a compris que son client d'un soir ne souhaitait pas parler. Et puis les mots, au milieu de la nuit, nous savons bien ce que ça donne : des vagues de drames qui déferlent et éclatent les unes contre les autres.

Ryad s'approche du 2 bis. Il n'y a pas d'enseigne particulière pour indiquer que c'est une librairie. La devanture est sale. À travers le grillage, il voit une grande vitre sur laquelle est écrit *Un homme qui lit en vaut deux*. À sa droite, il y a une pizzeria et à sa gauche une épicerie, toutes deux fermées. Des aboiements font sursauter Ryad. Il vient juste d'arriver mais, déjà, il sait qu'il n'aimera pas cette rue. Il cherche dans sa poche la clé qu'il a apportée de Paris et la glisse dans la serrure. Il remonte le grillage dans un sinistre bruit. Avec une deuxième clé, il ouvre la porte, elle résiste un peu avant de céder. L'obscurité l'oblige à avancer à petits pas, dans une odeur de renfermé, l'oreille tendue pour essayer de percevoir d'éventuels bruits. Il a peur, même s'il se sait seul. Il actionne l'interrupteur. La lumière l'éblouit. Des centaines de livres couvrent les murs. Par endroits, les vieilles étagères se sont affaissées sous leur poids. Différentes sections sont identifiées grâce à des étiquettes orange : Histoire, Littérature, Poésie… Les livres sont classés par ordre alphabétique. Le plancher en bois sombre est couvert de poussière. Quelques revues traînent. Au fond, face à l'entrée, trône un bureau en bois massif. Des photos en noir et blanc sont accrochées un peu partout. Ryad déchiffre les noms inscrits sous des portraits d'hommes dont la plupart lui sont inconnus : Albert Camus, Jules Roy, André Gide, Kateb Yacine, Mouloud Feraoun, Emmanuel Roblès, Jean Amrouche, Himoud Brahimi, Mohammed Dib. Et au centre de la pièce, au plafond, l'immense portrait d'un homme au mince sourire, aux lunettes noires, au crâne chauve, l'air à la fois fou et sage, surveille les lieux. Edmond Charlot.

Fatigué, Ryad emprunte le petit escalier en bois pour rejoindre la soupente où il sait qu'il trouvera un matelas. Il s'affale sous le plafond à carreaux colorés, verts, rouges, jaunes, bleus. Dormir. Demain, il faudra commencer à vider l'endroit.

Ryad se réveille la tête lourde. Il se redresse. Sa valise est à ses pieds. Les souvenirs du métro là-bas qui freine dans un grincement, la navette pour l'aéroport, les couloirs, les lourds sacs des uns et des autres chargés de souvenirs, la poussière noire sous les ongles, dans les pores de la peau, au fond de la gorge. Les airs, les nuages sombres. L'avion, juste au moment de se poser, a été pris de tremblements. Une femme a hurlé, faisant pleurer son bébé terrifié. À travers le hublot, juste avant que les roues n'atteignent le sol faiblement éclairé, Ryad a cru apercevoir des oiseaux s'envoler. Ensuite, la douane, le trajet avec le jeune à l'acné mal dissimulé par la barbe. La nuit sur la route, le trou sombre de la Casbah, la petite rue derrière la grande, la librairie, le vieux matelas, les couvertures trouées par endroits. Sur son téléphone portable qui ne fonctionne pas ici, il peut juste lire l'heure. Sept heures du matin. La rue va bientôt s'éveiller. Le ciel s'éclaircit, comme gommé. De noir, il passe à gris acier. On peut entendre quelques chats se battre. À Alger, jamais il n'y aura un matin sans bagarre de chats. Ryad imagine les bêtes qui se jettent de tout leur poids les unes sur les autres sous des nuages lourds de pluie.

Dix jours auparavant, il rentrait en métro de l'université. Il avait posé sa tête contre la vitre du wagon, essayant de se soustraire au brouhaha autour de lui, au chanteur qui faisait la manche et aux cris d'un enfant dans une poussette. Ryad était perdu dans ses pensées, anxieux à l'idée qu'il n'avait pas le début d'une piste pour trouver un stage. Il avait essuyé des dizaines de refus motivés ou non. Arrivé à sa station, il sortit pour se rendre dans son bar habituel. Un lieu sans charme, où il savait pouvoir ruminer tranquillement face à sa pinte de bière. Il s'attabla au comptoir à côté d'un homme déjà bien alcoolisé, le regard perdu dans le vague. Ryad sentit son téléphone vibrer dans la poche de sa veste. C'était un mail de son père :

Mon fils,
Ta mère m'a dit que tu n'avais toujours pas de stage. Tu pourrais aller à Alger. Un ami m'a parlé de quelque chose : l'ami de cet ami a acheté une vieille librairie dans le centre-ville. À vrai dire, il s'agit plus d'une bibliothèque municipale. Les habitants du quartier y sont très attachés, même s'ils ne la fréquentent pas. Tu sais comment nous sommes, nous ne nous rendons compte de nos richesses qu'une fois que nous les perdons ! Le nouveau propriétaire compte transformer le local en restaurant. Il va y vendre des beignets. Toutes sortes de beignets. Il gagnera sûrement beaucoup d'argent. Ici, un beignet vaudra toujours plus qu'un livre. Il a demandé à plusieurs reprises à la Bibliothèque nationale de récupérer les livres mais personne ne lui répond. Il ne veut plus attendre et a besoin de quelqu'un pour vider les lieux au plus vite et repeindre le local. Cela te prendra une semaine ou deux. Il y a une petite mezzanine avec un matelas où tu pourras dormir. Mon ami te signera

*ta convention de stage. Il va d'ailleurs t'envoyer un
mail et te fera parvenir les clés.*

À bientôt.

Papa

Deux jours plus tard, il avait reçu un mail de ce fameux ami :

Bonjour Ryad,

*Comment vas-tu ? Ton père me dit que tu as bien
grandi et que tu es désormais un homme ! Il n'y a pas
de problème pour ton stage, on va te la signer ta
convention, apposer un tampon. Je serai ton contact
en cas de problème, mon ami voyage beaucoup et il
n'a pas le temps de s'occuper de cette histoire. Ne
garde rien. Jette tout ou fais détruire. Ne discute pas
avec les voisins, surtout les commerçants. L'important
c'est que tu puisses vider cette librairie de tout ce qui
s'y trouve et la repeindre en blanc, le plus vite possible. Je te ferai parvenir de l'argent avec les clés pour
couvrir les frais.*

*Tu trouveras ci-dessous la liste de ce que contient
la librairie.*

Merci.

Liste des objets dont il faut se débarrasser :
1 009 romans d'auteurs français et étrangers en langue
français.
132 romans d'auteurs algériens en langue française.
222 romans en langue arabe.
17 ouvrages de thème religieux. *Cache-les dans un
sac-poubelle noir avant de les jeter pour ne pas
avoir de problèmes.*

42 ouvrages de poésie. *Si tu as une copine, tu peux en garder un ou deux pour les lui offrir. Le reste : poubelle.*

18 ouvrages scientifiques.

9 ouvrages de psychologie.

26 ouvrages d'Histoire.

171 ouvrages pour enfants.

38 ouvrages sur le théâtre.

19 ouvrages sur le cinéma.

Des photos en noir et blanc.

Un grand portrait en couleur.

Un bureau en bois de chêne avec un tiroir bloqué et une simple fente apparente.

Une vieille lampe.

Une pancarte rouillée avec l'inscription « Des jeunes, par des jeunes, pour des jeunes ».

Un matelas dans la mezzanine. *Tu peux dormir dessus le temps des travaux et après jette-le.*

Des papiers.

Un balai.

Un seau.

Ryad n'était venu qu'une fois à Alger, à six ans. Il avait accompagné son père qui rendait visite à son propre frère. Il avait trouvé cette ville effrayante. Son oncle l'avait guidé jusqu'à la chambre de sa fille et leur avait ordonné de jouer en silence. La cousine de Ryad était plus jeune que lui d'un an mais mesurait dix centimètres de plus. Sa tête était énorme et ses cheveux très bouclés, mal coiffés, semblaient pousser à la verticale. Elle lui avait attaché les mains derrière le dos avec une cordelette et l'avait violemment giflé en ricanant.

Depuis, Ryad éprouvait une vraie méfiance à l'égard de cette ville, des filles plus grandes que lui et des cheveux bouclés. Il n'était jamais revenu à Alger et, une fois son baccalauréat obtenu, il s'était installé à Paris pour poursuivre ses études grâce aux économies de son père, pharmacien à Constantine.

Et ce matin, à Alger. La librairie a l'air accueillante avec ses murs tapissés de livres soigneusement étiquetés, mais Ryad s'y sent vulnérable. Lui qui n'a jamais aimé lire ne trouve aucun charme à tout ce papier imprimé, relié, collé. Il s'assoit derrière le bureau, tente en vain d'ouvrir le tiroir, abandonne. Il s'approche des livres. Il y en a des très grands et d'autres minuscules. On dirait une multitude de tribus. Certains ont des couvertures déchirées ou tachées. Edmond Charlot surveille ses faits et gestes. L'homme a l'air de se marrer sur la photo. Ryad en est rassuré. Il ouvre la porte de la librairie. Il ne fait pas encore jour et les lampadaires sont allumés. Les immeubles sont blancs avec des balcons dorés et des volets bleus. Quelques hommes marchent dans la rue, le pas rapide, le col du manteau relevé, tête baissée comme s'ils comptaient leurs pas. Il pleut et quelques flaques d'eau commencent à apparaître. La pluie devient un grillage. En face, un vieil homme est appuyé sur une canne, un drap blanc enserrant ses épaules. Ryad ne parvient pas à identifier ce qu'est ce drap.

Il sort en évitant de croiser le regard du vieil homme. Et s'arrête à l'épicerie voisine. Les étals sont à moitié vides et les rares produits entassés sans ordre ni logique. Il y a des pommes cabossées, des salades vertes, des cadenas vendus par douzaines, des poivrons rouges tout fins comme ceux que sa mère agitait sous son nez d'enfant en lui jurant de les lui faire avaler s'il mentait. Il y a aussi des claquettes en nylon transparent, des torchons à carreaux vendus par trois, et des pots de confiture où l'on peut lire « 100 % fruit, 100 % sucre ». Le commerçant, un homme souriant, avec une belle barbe grise, le salue :

– Bonjour *Hbibi*, je peux t'aider ?

– Oui, j'ai besoin d'acheter de la peinture. Est-ce que tu en vendrais ?

– Ah non, l'ami ! Tu n'en trouveras pas facilement, tu sais.

– Ah bon ?

– Oui ! Il y a une pénurie de peinture dans toute la ville.

– Depuis quand ?

– Depuis hier.

– Et ça va se régler ?

– Non, c'est la crise. Une sombre histoire, une magouille entre les producteurs et les distributeurs. Je ne connais pas les détails mais de la peinture dans cette ville, ça, tu peux être certain de ne pas en trouver.

– Mince !

– Eh oui. En plus avec la nouvelle loi, il est interdit d'en importer de l'étranger.

– Tu ne peux pas du tout m'en procurer ?

– Non, mais qui sait ? Les choses s'arrangeront peut-être. Il faut espérer, prier, croire aux miracles. Tiens, je t'offre une pomme pour te consoler. Cadeau de la maison.

– Merci.

Ryad n'ose pas choisir et tend la main vers la première devant lui. L'épicier le regarde partir, la mine soucieuse. Nous nous sommes réunis ce matin avant le réveil d'Abdallah. Le chauffeur de taxi clandestin au visage acnéique nous a prévenus au milieu de la nuit qu'il venait de déposer un jeune homme au 2 bis. Nous savons que le grillage a été relevé. Nous devinons pourquoi Ryad est là, nous n'ignorons pas que *Les Vraies Richesses* vont disparaître. En quelques minutes, le mot a fait le tour du quartier et il n'y a plus un seul seau de peinture à vendre.

Ryad remonte la rue Hamani. De nos fenêtres, nous le voyons s'arrêter devant le café *Chez Saïd* qui est en train d'ouvrir. L'auvent se déplie. Le serveur, un type brun à l'aspect cadavérique, du gel plein les cheveux, des poches sous les yeux, la lèvre supérieure déformée par le tabac à chiquer, descend les chaises en plastique dressées sur les tables. Ryad hésite mais le serveur l'incite à prendre place.

– Qu'est-ce que je te sers ?

– Un café sans sucre, s'il te plaît.

Ryad tire sur ses manches pour couvrir ses mains gelées. Il ne se souvenait pas d'une ville si froide. Il repense au vieil homme devant la librairie. D'où vient-il ? Pourquoi ce drap blanc sur ses épaules qui semble si lourd ? Et pourquoi ses yeux noirs, comme deux agates, le fixaient-ils ?

Il y a quelques jours, Ryad était assis dans un autre café, à Paris, avec Claire. Ils ne voulaient pas partir malgré le froid et le soir qui tombait. Mais le serveur rangeait les tables en leur jetant des regards agacés. Ils avaient fini par se lever. Soulagé, on s'était empressé de fermer la porte derrière eux. Claire et lui avaient remonté les quais de la Seine en se remémorant leurs dernières vacances en Provence, les cigales qui les réveillaient au matin, le village aux pierres ocre et rouge, les champs à perte de vue. Claire aux yeux rieurs trépignait d'impatience, répétant qu'elle n'en pouvait plus de la pluie, du froid, du brouillard, que son corps tout entier réclamait du soleil. Et il l'observait, notant tout : les yeux brillants, le sourire qui apparaît, se cache, revient, les mains qui se posent sur son bras sans y penser.

Le serveur de *Chez Saïd* revient avec un café servi dans une grande tasse blanche estampillée USMA, un club de football algérois.

– Aujourd'hui est un mauvais jour. Avec ce temps, nous n'aurons pas grand monde. Les gens ont peur de la pluie.

Ryad hoche la tête. Les nuages gris défilent. Deux hommes, la soixantaine, des journaux sous le bras, prennent place en parlant bruyamment.

– L'ail coûte mille cinq cents dinars, tu te rends compte ? Bah bah bah…

– Et tu as vu le prix des bananes ? Elles sont passées de soixante dinars à six cent quatre-vingts dinars en quelques mois.

– Ils ont pompé le pétrole et maintenant ? La crise, c'est la crise.

– Les gens vont bientôt être affamés.

– C'est grave ce qui se passe, mon ami, très grave.

– Comment s'en sortir ?

– Il n'y a rien à faire, rien à faire.

– C'est triste ce qui se passe.

– Très triste !

– Et on ne peut rien dire, ils ont muselé tout le monde.

– Oui, oui, on ne peut rien dire.

– C'est le seul pays au monde où c'est l'État qui réclame des comptes au peuple et non l'inverse.

– ˈAh c'est bien vrai, ça ! Ils sont perpétuellement en colère contre nous.

– Et que fait la jeunesse ? Rien !

– Rien, ils ne feront rien. Mon fils a vingt ans et il passe sa journée devant son ordinateur. L'imbécile !

– Le mien dort toute la journée. Si j'ai le malheur d'ouvrir la porte de sa chambre, il pousse le cri d'une vache qu'on égorge.

– Génération foutue !

– Hé toi, le gamin !

Ryad se tourne vers les deux hommes.

– Oui ?

– Qu'est-ce que vous faites la jeunesse, hein ? Vous attendez quoi pour sortir dans la rue et manifester ? Pourquoi est-ce que vous êtes si mous ?

– Je ne sais pas, moi !

– *Je ne sais pas, moi !*

Les deux hommes éclatent de rire et reviennent à leur discussion :

– Je crois qu'ils ajoutent quelque chose à la nourriture.

– Qui ?

– Les gens du gouvernement. Ils manipulent la nourriture avec des substances interdites qui ramollissent le cerveau, c'est pour ça que nous nous laissons faire. J'ai lu un article très intéressant là-dessus sur un blog.

– Comme la drogue du violeur ?

– Oui, c'est similaire. Je suis certain qu'ils ont réussi à inventer une drogue pour faire de nous un peuple plus docile. Ce n'est pas possible autrement !

– Pourtant, il y a des gens qui manifestent, il y a des émeutes dans des tas de villes… Hier encore, j'ai vu une vidéo sur les réseaux sociaux. Il s'agissait d'une violente émeute dans le Sud. La police a tabassé des jeunes.

– Oui, ce doit être des gens qui mangent moins que la normale… Ils nous droguent, je te dis !

Ryad avale son café brûlant et laisse quelques pièces sur la table. En redescendant la rue, il s'arrête dans une boulangerie. La femme derrière le comptoir est toute petite. On aperçoit à peine sa tête derrière le tiroir-caisse. Ses cheveux sont cachés par un foulard violet et ses paupières fardées de rose.

– Bonjour, est-ce que je pourrais…

– Je ne vends pas de peinture.

– Pardon ?

– Qu'est-ce que vous voulez ?

– Heu… un croissant. Vous avez dit que vous n'aviez pas de peinture ?

– Non. Tiens mon fils. Bon appétit. Que Dieu te préserve.

Le vent agite les branches des palmiers. Il recommence à pleuvoir, doucement d'abord puis de plus en plus fort. Ryad court en direction de la librairie. Au moment où il s'y engouffre, il a le temps d'apercevoir le vieil homme du matin, son drap blanc sur les épaules, la pluie ruisselant sur sa tête. Des enfants courent pour rejoindre au plus vite des abris. La lumière des réverbères se dédouble dans les flaques d'eau. La rue se met à luire. En quelques minutes, elle s'est vidée à l'exception d'Abdallah. Ryad hésite à faire signe au vieil homme qui semble immense, un peu fou. Il finit par le rejoindre sur le trottoir. Sous le drap blanc lourd d'eau, Abdallah porte un vieux costume marron de mauvaise qualité mais propre, et encore sec.

– *Salam*, mon fils.

– *Salam El Hadj*, tu ne veux pas rentrer chez toi ? Tu vas attraper la mort à rester sous cette pluie et ce drap mouillé doit être lourd à porter.

– Non, je suis bien ici.

Abdallah serre son drap blanc trempé autour de lui.

– Tu es sûr ? Tu habites loin ?

– Non, j'habite ici.

Il montre la rue, d'un geste vague.

– Ici ? Dehors ?

– Non, ici, ici.

Il montre de nouveau la rue.

– Veux-tu entrer un moment ? Je crois pouvoir te préparer un café.

– Entrer ? Dans la librairie ?

– Oui.

– Non, je préfère rester là.

– Je peux t'aider ?

– Non, je ne suis pas encore impotent et j'ai ma canne. Comment est-ce que tu t'appelles ?

– Ryad.

– Moi, c'est Abdallah. Ryad comment ? De qui es-tu le fils ?

– De mes parents.

– Idiot. Où sont-ils tes parents, que font-ils, qui les connaît ?

– Ils vivent à Constantine.

– Ah, tu n'es pas d'Alger.

– Personne n'est d'Alger *El Hadj*, c'est une ville d'étrangers.

– C'est vrai, c'est bien vrai… Tu aimes lire ?

– Non… Tu sais, les livres et moi…

– Les livres et toi, quoi ?

– On ne s'aime pas beaucoup.

– Les livres aiment tout le monde, petit crétin.

– Alors c'est moi qui ne les aime pas. *El Hadj*, tu ne veux pas rentrer ? Il faut que nous nous mettions à l'abri, c'est le déluge.

– C'est un bienfait de Dieu.

– Nous allons être inondés.

– Regarde autour de toi. Les choses qui sont là existent depuis très longtemps. Des siècles. Ce n'est pas un peu d'eau qui les fera disparaître. Moi-même, j'ai survécu à bien des déluges. Il ne faut pas avoir peur de la pluie. Qu'est-ce qui peut bien nous arriver ?

– Une angine, une grippe, une pneumonie.

– Que fait quelqu'un qui préfère les maladies aux livres dans une librairie ?

– Je dois la vider et la repeindre.

– Pourquoi ?

– C'est mon travail.

– Détruire une librairie, c'est un travail, ça ?

– C'est un stage.

– Un stage ? Tu veux devenir destructeur de librairies ? C'est un métier ?

– Non, ingénieur.

– Les ingénieurs construisent, ils ne détruisent pas.

– Je dois faire un stage ouvrier.

– Tu es ingénieur ou ouvrier ?

– Je dois faire un stage manuel pour valider mon année d'ingénierie. Je vide le lieu, je repeins, je pars. Sans réfléchir.

– Tu vas dans une librairie pour ne pas réfléchir, toi ?

– Je dois juste la vider, pas lire les livres qui s'y trouvent.

– Dans quelle université on t'apprend une chose pareille ?

– À Paris.

– Pfff… Maintenant on nous envoie des démolisseurs de France. Des « ouvriers-ingénieurs », oui monsieur ! Ceux d'ici ne sont pas assez bien ! Vous les jeunes, vous ne savez que casser.

– Nous les jeunes, nous les jeunes…

– Quoi ?

– Rien, « nous les jeunes », rien du tout. On fait ce qu'on peut avec ce que vous nous avez laissé.

– Qui t'envoie ?

– Personne. J'ai juste accepté ce travail. J'ai froid. Nous devrions rentrer.

– Il ne fait pas froid, c'est dans ta tête. Qui t'envoie, qui t'a donné ce travail ? Il s'appelle comment ?

– Je ne le connais pas, c'est quelqu'un qui connaît quelqu'un qui en a parlé à mon père.

– Même pour détruire il faut du piston… Pfff… Partout la même chose : piston et corruption. Partout ! Depuis le gardien de cimetière jusqu'au sommet de l'État.

– *Atchoum !*

– Rentre mon fils, tu vas être malade. J'espère que tu as apporté des médicaments de France parce qu'ici toutes les pilules sont des comprimés de levure qui nous tuent à petit feu.

– Et toi, tu ne veux pas rentrer ?

– Non, fiche-moi la paix.

Ryad abandonne le vieil homme sous la pluie. Il rentre dans la librairie et s'assoit sur la seule chaise disponible, derrière le petit bureau en bois massif face à la porte. Le vent continue à siffler, jouant sa sinistre symphonie. À travers la grande vitre se détache la silhouette déformée d'Abdallah appuyé sur sa canne, le drap blanc flottant autour de lui comme un étrange voile céleste.

Alger, 1939

Assis sur la marche de la librairie *Les Vraies Richesses*, Albert Camus, une cigarette aux lèvres, corrige un manuscrit. Dans la rue, passent quelques écoliers arabes vêtus d'une chemise rapiécée et de chaussures trouées. Un pasteur ouvre la marche. Nous sommes quelques-uns à confier nos enfants à des missions chrétiennes. On nous assure qu'ainsi ils sortiront de la misère car ils apprendront à lire et seront hébergés gratuitement. Nous savons qu'ils ne devront plus parler arabe ou berbère et assister à la messe. Lorsqu'ils rentrent pendant les vacances scolaires, nous les inspectons. Nous vérifions qu'ils se souviennent de leur langue, des traditions, de nos principes religieux. Ils montrent les rares livres qu'ils possèdent à leurs copains qui ne peuvent pas aller à l'école, leur apprennent les lettres de l'alphabet et reprennent le travail aux champs ou dans les usines, avant de retourner à l'école.

Rue Charras, des enfants courent derrière un ballon et bousculent une femme. Elle hurle : « Sales morveux ! » Charlot, qui rejoint Camus sur le pas de la porte, les observe en souriant. Des fillettes mendient à la terrasse d'un café. Le propriétaire, un homme rondouillard, maugrée : « Elles sont de plus en plus nombreuses. »

Carnet d'Edmond Charlot
Alger, 1937-1939

2 janvier 1937

Grenier n'a pas oublié sa promesse : il m'a remis un manuscrit au beau titre de *Santa Cruz et autres paysages africains*. Avec quelle impatience je l'ai dévoré jusqu'à la dernière page ! J'ai passé la nuit à construire la maquette avec une règle, un cutter, des feuilles de calque et les épreuves. Je pense commander à René-Jean Clot, diplômé des Beaux-Arts d'Alger, dont j'apprécie décidément beaucoup le travail, un frontispice pour cet ouvrage. Ce sera un tirage à 550 exemplaires.

4 janvier 1937

Dîner avec le copain de faculté Claude de Fréminville. Il vient de toucher un petit héritage, ce qui lui permet de se lancer comme imprimeur. Pas peu fier et je le comprends. « L'imprimerie Cl. de Fréminville » et les éditions Charlot vont désormais travailler ensemble sur les ouvrages à faible tirage.

17 janvier 1937

J'ai rendu les dessins de Bonnard. Je n'ai pas l'impression que beaucoup de clients aient été sensibles à son travail pourtant sublime.

9 février 1937

Nous avons créé une affiche pour la librairie. Elle est peut-être trop sérieuse. Je ne sais pas. Il me faudra demander l'avis des copains.

Un assortiment de belles reliures
d'auteurs choisis,
Un choix particulièrement strict de livres
pour enfants, et pour tous âges,
Des éditions princeps illustrées à la main.
Des toiles signées des plus grands peintres,
Des moulages de Lorenzi,
Un beau livre s'achète aux
« VRAIES RICHESSES »

12 mars 1937

Jean Pane souhaite quitter Alger pour s'installer en Kabylie. Il a le projet fou d'ouvrir une école d'art pour indigènes. Oncle Albert Grima m'a généreusement avancé une petite somme pour m'aider à racheter les parts de Jean. Nous gérons désormais cette société à deux, madame Couston et moi. Il ne faut pas oublier l'aide précieuse des nombreux amis. C'est à vrai dire aussi un peu leur affaire.

20 mars 1937

Soirée avec mon père. Nous avons longuement parlé de papier : odeur, toucher, différence entre le neuf et le vieux. Pour ma part, j'ai une affection particulière pour le papier Japon dont la couleur légèrement ivoire donne du caractère à l'édition. Je le préfère de loin au papier vélin qui est sans grain, trop lisse, trop parfait.

1ᵉʳ avril 1937

L'ami Sauveur Galliéro est passé me voir à la librairie avec Himoud Brahimi, dit Momo, son voisin de la Casbah. Galliéro, toujours le même air depuis l'école primaire : les sourcils légèrement froncés comme s'il ne comprenait pas ce qu'on lui raconte, étranger à son propre univers. Peintre talentueux. À l'école, il surpassait notre professeur. Je l'ai trouvé tracassé. L'Académie d'Alger lui demande une exposition mais, bien sûr, ne lui accorde ni aide ni espace. Complètement désargenté, il ne sait pas vers quelle galerie se tourner. Je lui ai proposé mon local. Nous mettrons les sculptures sur les étagères à côté des livres et nous accrocherons les toiles en haut. Les sourcils restent froncés mais un sourire éclaire son visage. Cette exposition sera réussie, j'en suis certain. Himoud Brahimi, que tous appellent Momo, me plaît beaucoup. Il parle parfaitement français, arabe et kabyle. Avec cela, il est spirituel. Ce sera un grand écrivain, un grand poète ou un grand quelque chose.

29 septembre 1937

Publicité dans *L'Écho d'Alger*. Deux petites lignes entre la vente d'un cyprès et la petite annonce d'une dame vivant seule qui cherche un pensionnaire : *VENTE occasion classiques et romans policiers.* Les Vraies Richesses, *2 bis, rue Charras.* Tous ceux qui voient l'annonce m'en parlent. Je tente de relier les différentes annonces entre elles. Si j'achetais le cyprès et que je l'offrais à la dame qui se sent seule ? Peut-être possède-t-elle des romans policiers ? Peut-être est-elle belle ? Peut-être que sa peau est douce ? Je m'égare.

22 décembre 1937

L'abonnement de lecture fonctionne bien : beaucoup d'étudiants aiment cette formule qui leur permet de dépenser quelques pièces par mois pour emprunter des ouvrages. Les ventes, quant à elles, ne nous permettent aucune folie mais nous tenons bon. Le matin, quand j'arrive à la librairie, je m'arrête devant la petite marche pour contempler ce lieu qui m'appartient. Je reste parfois immobile si longtemps que le garçon de café d'à côté s'en inquiète et me demande si tout va bien. Eh oui, tout va bien : les livres sont rangés par ordre alphabétique, les œuvres d'art accrochées juste au-dessus, et seuls ont droit de cité la littérature, l'art et l'amitié.

28 décembre 1937

Rencontré Emmanuel Roblès, jeune Oranais d'origine espagnole. Il fait actuellement son service militaire dans la région algéroise. Homme patient et contenu avec qui la discussion est agréable. Il m'a annoncé la publication prochaine d'un livre. Je suis très curieux de le lire.

15 février 1938

J'ai fêté mes 23 ans aujourd'hui. Passé ma soirée d'anniversaire derrière mon bureau à classer des factures, lire les courriers des clients qui souhaitent commander tel ou tel livre, préparer les enveloppes et les expéditions, jeter les magazines et publicités inutiles, remplir des formulaires. Fastidieux. Tout cela encombre mon petit bureau. Il ne faut rien négliger mais j'ai de moins en moins de temps à consacrer à la littérature qui est pourtant le cœur de cette affaire.

27 février 1938

Chaque semaine, j'hésite à changer les livres ou les œuvres d'art de place, mais la librairie est si petite que l'espace ne le permet pas.

28 février 1938

Dans la revue *Cahiers du Sud*, bel article de Gabriel Audisio sur le livre de Grenier, *Santa Cruz et autres paysages africains*. J'ai rencontré Jean Ballard, son directeur, à Alger il y a un ou deux ans. Il refusait de retirer son pardessus à carreaux malgré la chaleur écrasante. C'est un étonnant personnage. Très commercial, contrairement à moi ! Il a essayé de me pousser à démarcher des entreprises pour sa revue qui a besoin de publicité. J'ai pitoyablement échoué. Contrairement à mon grand-père, je ne suis pas très doué pour les affaires.

4 mars 1938

J'ai trouvé madame Couston en larmes dans la soupente. Elle m'a avoué qu'elle ne s'en sortait pas avec ses enfants et qu'il lui fallait trouver un vrai travail. Elle abandonne l'aventure.

19 mars 1938

Malade. Assommé par une grippe. Obligé de garder le lit, malheureusement. J'arrive tout de même à lire les manuscrits. Manon prend soin de moi. Belle Manon qui a envahi depuis peu mon univers et dont je ne veux plus me passer.

20 avril 1938

Trop d'enthousiasme, trop d'idées qui épuisent mon entourage. Les projets n'en finissent pas mais je suis bien obligé de mettre un frein à mes grands rêves : mes moyens financiers plus que limités me ramènent sur terre.

23 avril 1938

Des étudiants timides m'apportent eux-mêmes leur texte écrit à l'encre dont ils gardent précieusement une copie.

17 mai 1938

Déjeuner avec Gabriel Audisio, de passage à Alger. Longue discussion sur l'édition et la littérature. Je lui ai dit que je ne cherchais pas de la cohérence mais que je publiais avant tout ce que j'aimais, et uniquement des livres que je me sens capable de défendre auprès de la presse et des lecteurs. Mon engagement doit être absolu. C'est ainsi que je conçois mon travail. L'écrivain doit écrire, l'éditeur doit donner vie aux livres. Je ne vois pas de limite à cette conception. La littérature est trop importante pour ne pas y consacrer tout mon temps.

25 mai 1938

Déménagement rue Lys-du-Parc. Quitté la maison familiale !

7 juin 1938

Discussion avec Camus et Audisio au sujet d'une revue à lancer qui s'appellerait *Rivages* et qui paraîtrait tous les deux mois. Ce serait l'occasion de parler de nouveaux écrivains. Idée retenue : faire l'an prochain un numéro spécial sur l'écrivain espagnol Federico García Lorca, un hommage à ce fantastique poète assassiné par les soldats antirépublicains. Quand je pense que ses livres ont été brûlés à Grenade, sur la Plaza del Carmen… Pauvre homme !

Premier numéro prévu à la fin de l'année.

11 juillet 1938

De retour à Alger après plusieurs voyages à Oran et Constantine. J'ai parcouru tout le pays d'un bout à l'autre. Je n'ai malheureusement pas eu le temps ni les moyens de traverser la frontière pour me rendre à Tunis où j'aurais pourtant bien aimé saluer Armand Guibert dont j'admire le travail. Il a réussi avec sa revue *Cahiers de Barbarie* quelque chose d'assez unique, me semble-t-il.

13 juillet 1938

Je suis arrivé à quelques économies et à équilibrer mon budget, mais l'ensemble reste fragile et peut s'effondrer à tout instant.

15 juillet 1938

Lettre à Armand Guibert : « Accepteriez-vous de me confier un manuscrit de vous, essai ou poésie à votre gré ? J'aimerais beaucoup vous avoir dans la collection "Méditerranéenne" si cela ne vous déplaît pas trop. Il reste bien entendu que vous disposerez de chaque exemplaire pour la presse et de vingt-cinq exemplaires d'auteur sur un tirage de 450 exemplaires et que votre texte vous appartiendrait entièrement. Ce serait pour novembre ou décembre. »

18 juillet 1938

Décès de mon grand-père maternel Joseph, Jean Salvator Nunziato Georges Grima, à l'âge de 82 ans.

Le voici terrassé et moi, je me sens un peu plus orphelin.

19 septembre 1938

Après la lecture du numéro 2 de la *Gazette des amis des livres*, j'ai écrit à Adrienne Monnier pour lui dire tout le bien que je pense de sa librairie et l'influence qu'elle a eue sur moi et sur les copains à Alger, mais aussi lui raconter ce fait divers qui l'intéressera sûrement : il s'agit d'une sordide affaire d'escroquerie réalisée par un libraire peu scrupuleux. Il relevait les noms de personnes décédées dans les feuilles nécrologiques et leur envoyait des livres à des prix exorbitants dont il exigeait le paiement auprès des familles. Quelle affaire !

Je lui raconte toute l'histoire sur mon beau papier à en-tête de la librairie. Peut-être que le titre *Les Vraies Richesses* est trop grand ? Demander l'avis de Fréminville ou Camus.

3 novembre 1938

Les Vraies Richesses fêtent leur anniversaire ! Nous avons survécu aux deux premières années, nous survivrons aux vingt prochaines ! Fierté en regardant mon fonds des éditions Charlot. Moins de fierté en faisant mes comptes. Ce travail m'oblige à délaisser Manon, ma famille, mes amis… Mes journées sont consacrées à la lecture de manuscrits, à la comptabilité, aux nombreux déjeuners et dîners, aux passages dans les imprimeries, aux milliers d'obligations administratives. Tout cela m'épuise et me réjouit en même temps.

17 décembre 1938

Aujourd'hui encore, des clients intéressés uniquement par les derniers prix littéraires. J'ai essayé de leur faire découvrir de nouveaux auteurs, de les inciter à acheter *L'Envers et l'Endroit* de Camus, mais totale indifférence. Je parle littérature, ils répondent auteurs à succès !

28 décembre 1938

La tâche n'est pas facile mais les réseaux se créent, les amitiés sont là. Camus vient souvent à la librairie pour donner un coup de main. Il remplit les fiches d'abonnement, achète des livres quand il a quelques pièces, et en loue d'autres. Il s'installe sur les marches ou sous la petite mezzanine et écrit, lit ou corrige des manuscrits pour moi. Il est ici chez lui.

Lui ai annoncé hier que j'avais vendu le tout dernier exemplaire de son premier livre *L'Envers et l'Endroit*. 350 exemplaires.

18 janvier 1939

Reçu une étrange lettre des éditions Grasset qui sont intriguées par la vente, dans ma seule librairie, de plusieurs centaines d'exemplaires des *Lettres à un jeune poète* de Rainer Maria Rilke. Ils n'avaient jamais entendu parler de mon obscure boutique.

31 janvier 1939

Lecture d'un texte de Camus au beau titre de *Noces*. Il y a tout ce que nous vivons ici en Algérie. Très touché et ému. L'étrange pudeur qu'il y a entre Albert et moi m'obligera à réfréner mon enthousiasme lorsque je lui en parlerai. Je le publierai en mai à un tirage important, 1 225 exemplaires.

9 février 1939

Le copain Max-Pol Fouchet m'a aidé à fermer et nous sommes allés boire ensemble l'anisette traditionnelle. Il m'a parlé de son père qui a été gazé sur le front alors qu'il tentait de sauver des blessés allemands et qui, dix ans plus tard, sur son lit de mort, lui a fait promettre de toujours « tendre la main aux Allemands ». Sur ces entrefaites, la serveuse est arrivée et Max-Pol lui a déclamé un de ses poèmes. La jeune femme a rosi de plaisir, charmée par l'enthousiasme, l'éloquence et la culture de mon ami. Je suis heureux de le voir ainsi, beau et séducteur. Il s'est remis de la trahison de Simone Hié qui l'a quitté pour épouser Camus avant de tromper ce dernier à son tour. Les histoires avec les femmes sont la plaie de l'amitié mais sans elles, ah sans elles… rien n'est possible !

17 mars 1939

Max-Pol Fouchet rejoint la revue *Mithra* de Charles Autrand et la baptise d'un nouveau nom, *Fontaine*, en référence à l'un des livres de l'écrivain anglais Charles Morgan. Il me demande de me charger de l'édition. On démarre au numéro 3 pour garder une forme de continuité avec *Mithra*.

7 mai 1939

Le dimanche, balade avec Jean Grenier au parc d'Hydra, quartier résidentiel sur les collines d'Alger.

Je suis heureux.

22 juillet 1939

Grande discussion toute la soirée d'hier avec Max-Pol Fouchet et Emmanuel Roblès. J'ai confié aux copains : « Je n'ai jamais dissocié la librairie et les éditions. Jamais. Pour moi, c'est la même chose. Je n'arrive pas à croire qu'on puisse être éditeur si on n'a pas été ou si on n'est pas libraire à la fois. » Autant vendre des cachous. En y réfléchissant, je me dis que ce sont comme des poupées russes : *Les Vraies Richesses*, les éditions, les livres, la peinture, les amis… C'est la même chose.

Septembre 1939
Mobilisé par l'armée. J'abandonne la gérance de la libraire à Manon et à tous les amis qui voudront bien s'en occuper.

Octobre 1939
Publicité dans *L'Écho d'Alger*. Deux petites lignes : *Les Vraies Richesses, 2 bis, r. Charras. Abonnements lecture, de 17 à 19 heures.*

3

Ryad trie le courrier posé sur le bureau. Il trouve des gommettes rouges qu'il s'amuse à coller en créant des formes géométriques. Il jette à la poubelle un paquet de cartes postales dont beaucoup sont en noir et blanc et semblent très anciennes. Il repère la date de 1950 sur l'une d'elles, hésite mais l'envoie rejoindre les autres. Il y a aussi quelques factures et de nombreuses invitations à toutes sortes d'événements : vernissage, lecture de poésie, avant-première de films. L'une d'elles concerne un film sur les premières années de l'Algérie après l'Indépendance. Ryad l'a vu à Paris, avec Claire. Dans le quartier de la Bastille. Ils s'étaient assis tout au fond de la salle. Pendant le film, il lui avait chuchoté quelque chose à l'oreille, une bêtise, un pont entre leurs pensées, une suspension de silence. Elle n'avait pas répondu, concentrée sur ce qu'elle voyait à l'écran. Ryad l'avait laissée dans ces images en noir et blanc, ces histoires du passé. Les lumières s'étaient enfin rallumées. Dans la salle, il y avait surtout de vieilles personnes au visage rose poupon et aux cheveux blancs comme de la laine de mouton. Quelques-unes pleuraient, d'autres semblaient en colère. Ryad s'était empressé de saisir Claire par le bras et de l'entraîner dehors. Elle avait évoqué les destins tragiques des personnages. « Tout est toujours tragique en Algérie », avait répondu Ryad. Elle avait ri, croyant à un trait d'humour. Ils avaient marché dans les rues de Paris, déjà vides.

Ryad est angoissé par tous ces livres. Il n'aime pas les mots qui s'agglutinent sur une même ligne, une même page, qui l'embrouillent. Il regarde ces caractères noirs imprimés sur du papier blanc et pense aux acariens. Sa mère en a très peur et nettoie la maison du matin au soir à l'eau de Javel. Est-ce que les éditeurs et les imprimeurs y pensent ? Connaissent-ils les risques associés aux acariens ? S'en soucient-ils, au moins ? Et les lecteurs, sont-ils conscients de ce qu'on leur met entre les mains ? Ils dévorent des livres et après ils vont à la pharmacie pour se plaindre de rougeurs, de difficultés à respirer, de boutons, d'écorchures. Et si le pharmacien a le malheur de préconiser un arrêt de la lecture, ils sont outrés.

C'est le crépuscule. Ryad allume les lumières. Il a passé l'après-midi à fixer les livres. Il imagine qu'ils lui tombent dessus. Claire lui avait raconté l'histoire d'un écrivain, Guibert quelque chose. Cet homme était monté sur un escabeau pour récupérer un livre dans sa bibliothèque, chez lui dans le Tarn, et avait trébuché. En voulant se rattraper aux étagères, il les avait emportées dans sa chute. On l'avait retrouvé mort, enseveli sous les livres. À travers la vitre humide, Ryad peut apercevoir Abdallah, toujours debout sur le trottoir. Le visage de ce dernier se contracte par moments en une expression de douleur intense.

Le jeune homme se remet au travail. Il prend un grand sac-poubelle et y déverse tout ce qu'il trouve sur le bureau : le courrier, les invitations, la vieille tasse sale, la paire de ciseaux, les feutres, l'agrafeuse, le tube de colle, et même un téléphone rouge à la ligne coupée. Ensuite, il enlève les livres des étagères en commençant par le bas. Ses gestes sont lents et précis. Ryad ne peut s'empêcher de lancer un regard à Edmond Charlot figé sur la photo. Étrange et désagréable sentiment d'être observé, peut-être à cause des clichés en noir et blanc de tous ces écrivains. Il hésite à les retirer tout de suite mais y renonce.

Les livres forment maintenant un monument coloré sur le sol. Il y en a des fins, des épais, des tirages de luxe, des illustrés, des poches bon marché, des éditions classiques, de vieilles reliures en cuir. Il lit quelques titres : *Noces*, Albert Camus, *Rondeur des jours*, Jean Giono, *Les Hauteurs de la ville*, Emmanuel Roblès, *La Danse du roi*, Mohammed Dib, *La Terre et le Sang*, Mouloud Feraoun, *Le Cercle des représailles*, Kateb Yacine… D'un livre qu'il dépose un peu trop brutalement, s'échappe une affiche pliée en trois. Il lit en diagonale :

Ex-librairie « les vraies richesses » d'Edmond Charlot. Modalités d'inscription : l'adhésion se fait sur la présentation d'un dossier qui comprend 02 photos, 1 certificat de scolarité ou attestation de travail, quittance d'électricité ou certificat de résidence, photocopie de la CI, 300 dinars pour les frais d'inscription. Le lecteur a droit d'emprunter 2 ouvrages pour une période de 15 jours, renouvelée sur demande. Horaires d'ouverture : du samedi au jeudi de 8 h 30 à 16 h 30.

Biographie d'Edmond Charlot, passeur de livres : libraire, éditeur, publia les premiers livres de Camus, Roy, Fouchet, Kessel, Roblès, Gide, García Lorca… Éditeur de la France libre durant l'occupation… Sous ses

initiales E. C. Edmond Charlot publie en mai 1936
Révolte dans les Asturies, *pièce de théâtre collective*
écrite d'après un scénario de Camus interdite par la
municipalité d'Alger. Edmond Charlot ouvre le
3 novembre, autorisation de Giono d'utiliser le titre d'un
de ses livres, mobilisé en septembre de la même année à
Blida, il abandonne pour 10 mois la gestion de sa librai-
rie puis en 40 il reprend. Mis au secret à la prison
Barberousse, placé en résidence surveillée près de Chlef,
plasticage de son autre librairie en 61 et perte de ses
archives, il quitte l'Algérie fin 62, va à Paris, revient à
Alger, Turquie, Maroc... Pézenas, près de Montpellier,
crée une librairie, devient aveugle, meurt en 2004.

Ryad fait une boule de l'affiche en prenant soin de
garder visible la tête d'Edmond Charlot. Il vise le sac-
poubelle ouvert en grand. « Buuuuuuuuuut », s'écrie-t-il.

Tout en haut d'une des étagères, il trouve un gros
classeur rouge rempli de reçus qui finit également dans
la poubelle.

L'obscurité commence à recouvrir la rue. Seul le
drap blanc trahit la présence du vieil homme sur le trottoir, tache froide presque irréelle. Ryad a faim. Dehors,
le vent fouette son visage, il pousse un soupir de fatigue
et se dirige vers la pizzeria voisine. Les murs sont lui-
sants de graisse, sur l'un d'entre eux, on a collé la photo
d'une équipe de football. Moussa est seul pour prendre
les commandes, préparer les pizzas, servir et encaisser.
Il porte une blouse bleue immaculée. Les trois poches
débordent de quittances. Il n'y a que des hommes qui
engloutissent debout les pizzas carrées. Les bouches
s'ouvrent, larges, laissant apparaître des dents cassées,
jaunies, plombées. Elles mâchent la pâte cuite, les
tomates, le fromage industriel.

Allemagne, 1940

Des journalistes nazis publient des articles sur la situation dans les pays d'Afrique du Nord, occupés par l'armée française. La radio allemande commence même à diffuser des émissions en arabe. Nous écoutons ahuris ces journalistes qui, depuis Berlin, nous appellent à prendre les armes contre la France. On raconte que des soldats allemands sont parachutés en pleine nuit dans les villages perdus d'Algérie. Ils apportent des boîtes de conserve et ils offrent du chocolat aux enfants. Ils sont là pour tenter de nous convaincre de rejoindre l'armée hitlérienne qui promet de chasser la France hors du pays. Grâce à l'Allemagne, nos enfants seront tous scolarisés et l'Algérie redeviendra une terre d'islam, nous assurent-ils. Des années plus tard, nous retrouverons des mitraillettes et un casque allemands dans ces mêmes villages. Nos grands-parents hausseront les épaules : « C'était un jeune soldat allemand qui s'est retrouvé parachuté ici... Il nous avait apporté de la nourriture alors nous l'avons caché. »

Mais la France a besoin des indigènes dans ses troupes. « La Mère Patrie n'oubliera pas au jour de la victoire tout ce qu'elle doit à ses enfants de l'Afrique du Nord. » Nous sommes des cireurs de chaussures, de petits commerçants, des vendeurs de légumes que nous cultivons sur de minuscules lopins de terre, des gardiens de chèvres et de moutons. Nous ne sommes pas encore des adultes. Nous n'avons jamais vraiment été des enfants. Nous détestons l'Europe dont les usines engloutissent nos pères que nous voyons revenir brisés par les privations et la fatigue. Nous nous enrôlons dans l'armée. On nous donne des uniformes et on nous assène de grands discours. Nous devenons un peu français mais pas vraiment. Nous sommes surtout des tirailleurs, de la chair à canon. On nous impose de combattre pour une nation dont nous ne faisons pas vraiment partie. On ne cesse de nous répéter les mots *patrie*, *courage*, *honneur*… mais en vérité, sur le front, nous pensons surtout à la faim, au froid, à notre incompréhension face à cette guerre, aux morts sur lesquels nous récitons quelques versets du Coran avant de les recouvrir d'un linceul de fortune. Nous gravons dans notre mémoire la date du décès, le lieu et jusqu'au paysage pour être capables de tout raconter à la veuve, la mère, ou l'enfant. Nous prions tous les dieux et dans toutes les langues. Nous nous battons pour ce pays comme si c'était le nôtre. Nous fumons tous ensemble lorsque nous trouvons des cigarettes et jouons aux dominos entre deux assauts. Nous sommes arrêtés, emprisonnés, torturés ou exécutés. Ceux d'entre nous qui survivent à la faim, aux bombes, aux camps, tout en ayant laissé femmes et enfants dans la misère en Algérie répètent, la nuit, avec ferveur : « La Mère Patrie n'oubliera pas au jour de la victoire tout ce qu'elle doit à ses enfants de l'Afrique du Nord. »

Carnet d'Edmond Charlot
Alger, 1940-1944

30 juin 1940

Rencontre avec le capitaine d'aviation Jules Roy. Homme flamboyant et sanguin, à la franchise déconcertante. Grand lecteur.

10 juillet 1940

Démobilisé! Je peux reprendre ma vie en main. Organisation compliquée avec cette satanée guerre. Camus installé en Haute-Loire. Les manuscrits circulent difficilement.

3 septembre 1940

Je n'ai pas été ravitaillé en papier depuis près de quatre mois.

22 septembre 1940

Minuit. J'entends des bruits d'avion. Satisfait de la publication de *Prologue* de García Lorca qui a été une longue suite de tracas. L'édition sera peu soignée. Choix des papiers, des caractères, de la mise en page... tout passe à la trappe en cette période troublée. La question de l'approvisionnement prime. On fait comme on peut et sur le papier que l'on veut bien nous vendre.

30 octobre 1940

La censure, que nous appelons « Anastasie », et ses grands ciseaux ont saisi le troisième numéro de la revue *Rivages* consacré à Federico García Lorca. Ils sont venus chez moi et ont détruit toutes les copies. Il ne restera aucune trace de cet hommage. Nous n'abandonnons pas.

19 novembre 1940

Quasiment plus un livre dans la librairie. Il me faut ruser, supplier, hurler pour obtenir du papier. Nos fidèles clients continuent de venir et prennent ce qu'ils trouvent, c'est-à-dire pas grand-chose.

7 décembre 1940

Lettre à Emmanuel Roblès pour le rassurer sur la parution de sa *Vallée du paradis* malgré un léger retard : « Il ne reste plus qu'à attendre. Anastasie ne s'occupera d'elle qu'en fin de course. » Je lance déjà la campagne de promotion auprès des journalistes et des lecteurs avec la date de parution.

3 janvier 1941

Décidément, Emmanuel est très inquiet. Je lui dois une explication. Brouillon : « Votre *Vallée* me cause bien des ennuis. Après l'imprimeur, ce sont les marchands de papier. Je suis enragé, je vous jure, et ce qui est le plus grave, c'est que je reçois déjà des commandes puisqu'il est annoncé comme paru. » Fichus bouquins !

10 mars 1941

Camus m'a fait parvenir un énorme pavé. Il s'agit de trois textes qui forment pour lui un tout : *L'Étranger*, *le*

Mythe de Sisyphe et *Caligula*, regroupés sous le titre *L'Absurde*. C'est un travail impressionnant. Il me semble que ce sont des textes d'un niveau encore supérieur à ce qu'il m'avait fait lire par le passé. Les publier ? J'en serais très heureux mais c'est impossible dans le contexte actuel : plus de papier, plus de fil à brocher, plus d'imprimeur et au fond… il lui faut quelqu'un installé à Paris qui a des moyens plus importants que les miens.

13 mars 1941

J'ai informé Camus que je ne pourrais pas publier ses textes et lui ai conseillé de s'adresser à Gallimard. Cette Occupation, c'est comme une main qui nous enfonce la tête sous l'eau, un hiver sans fin. Comment cela finira-t-il ?

19 mars 1941

Mon frère Pierre, et le frère d'Albert, Lucien Camus, rejoignent l'équipe des *Vraies Richesses*. Ils me déchargent d'une partie importante de la gestion, ce qui m'est d'une grande aide.

7 juin 1941

Les épreuves de *La Vallée* sont enfin prêtes à être envoyées à Roblès. Je lui ai écrit pour lui demander de les retourner directement à Camus après lecture, qui s'occupera de son édition. Je suis soulagé.

1er août 1941

Encore des retards sur le roman de Roblès. *Comment réussir à publier en temps de guerre*, voilà le livre qu'il faudrait écrire !

12 septembre 1941

Enfin ! Aujourd'hui, en librairie *La Vallée du paradis* de Roblès. Joie.

14 décembre 1941

Fin d'année compliquée sur tous les plans mais il y a de beaux projets en préparation. Max-Pol Fouchet est de plus en plus présent aux *Vraies Richesses*. Nous travaillons sur l'ouvrage *Paris France* de l'Américaine Gertrude Stein, qui y raconte de merveilleuses anecdotes (avec beaucoup d'humour et un style très poétique) sur son enfance à Paris.

4 février 1942

Publication des *Trois Prières pour des pilotes*, de Jules Roy, en 615 exemplaires. C'est un mince volume d'une douzaine de feuillets non paginés. Je n'ai réussi à trouver qu'un papier brut épais et rêche, mais le fidèle René-Jean Clot a dessiné un beau portrait de Jules que j'ai inséré en frontispice.

17 mars 1942

Je viens de quitter la prison. Un mois au trou ! Merci à Gertrude Stein qui a trouvé malin de déclarer dans un entretien à la radio anglaise : « Moi, j'ai un éditeur à Alger qui est très dynamique et résistant… » Vichy m'avait déjà à l'œil. Trois jours après l'impression du livre, des policiers sont venus me chercher au petit matin.

Ils ont déclamé, tout contents d'eux-mêmes : « En vertu des pouvoirs qui nous sont conférés, nous astreignons à résidence le sieur Charlot, présumé gaulliste, sympathisant communiste. » Puis, ils m'ont longuement interrogé et m'ont demandé où était

Albert. « Albert ? Oh, mais j'en connais une bonne douzaine moi, des Albert. Par exemple, il y a Albert, le cordonnier qui vous rafistole une semelle comme personne, ou encore Albert, le fils du facteur qui a un problème avec l'alcool mais qui est tout à fait charmant. » Ils m'ont ordonné d'arrêter de faire l'imbécile et de leur dire où se trouvait Albert Camus. « Ah ! Albert Camus ! J'ignore où il est, messieurs. Non vraiment, je ne sais pas… »

Les policiers m'ont embarqué et enfermé à Barberousse avant de m'envoyer en résidence surveillée à Charon près d'Orléansville. En prison, j'ai rencontré un artisan de la Casbah qui a été arrêté pour une vague ressemblance avec un perceur de coffre-fort. Peut-être écrire un jour là-dessus.

Camus est bien caché à Oran. Max-Pol Fouchet, qui était également recherché, a réussi à se cacher au consulat des États-Unis. J'ai été libéré grâce à l'intervention de Marcel Sauvage, grand journaliste, qui, après avoir été gérant d'un hôtel à Tunis, est désormais le directeur de la revue *Tunisie-Algérie-Maroc*. Il a réussi à convaincre le ministre de l'Intérieur. Cette malencontreuse histoire a retardé la sortie de l'ouvrage de Gertrude Stein mais la librairie a continué de fonctionner grâce à Manon et aux amis. Je suis plus que jamais convaincu qu'il ne saurait y avoir d'éditions Charlot sans amitié. C'est pour l'essentiel une affaire de circonstances, d'amitiés et de rencontres.

1er avril 1942

La guerre bouleverse tout sur son passage. Je ne trouve plus ni papier ni encre. Ma dernière tentative s'est terminée lamentablement : un livre agrafé puisqu'il n'y a plus de fil, du papier de boucher sale et poreux.

6 avril 1942

Journée à jouer à l'apprenti-chimiste avec Max-Pol Fouchet. Nous avons acheté de l'huile de pépin de raisin au marché noir à un prix si élevé que je n'ai pas osé en parler à Manon. Nous nous sommes enfermés dans la cuisine et avons mélangé longuement l'huile à de la suie de cheminée et à du cirage. C'était drôle de nous voir penchés sur la grande casserole ! L'encre est jaunasse, noirâtre, sale. Et l'odeur ! Je n'ai jamais rien senti d'aussi affreux.

17 avril 1942

Plus de papier, plus de fil broché, plus d'encre. Plus rien. Je traîne dans la ville à la recherche de n'importe quoi pour publier, imprimer, éditer. Des feuilles d'arbre ? De la terre ? De la boue ? Je ne sais plus quoi faire.

18 mai 1942

Des policiers sont passés aux *Vraies Richesses* pour me rappeler que si je veux obtenir du papier, il me faudra d'abord soumettre les manuscrits à la commission de contrôle. Les salauds !

22 mai 1942

Annonce passée dans le journal pour acheter au prix fort des livres anciens ou modernes (éditions originales, livres rares, belles reliures, livres illustrés). À défaut de pouvoir imprimer, il me faut récupérer des livres pour les vendre.

6 juin 1942

Naissance de Frédérique. Premier enfant. Joie profonde. Manon se remet doucement.

15 juin 1942

Lettre à Jules Roy pour le prévenir qu'il me faut envoyer son texte *Ciel et terre* au comité de répartition du papier qui décidera après lecture de la possible édition.

2 juillet 1942

Visite à mon imprimeur Emmanuel Andreo. Il fait au mieux mais le résultat est catastrophique. Il m'a prévenu : « Vos livres ne tiendront pas, l'encre que nous utilisons actuellement attaque le papier des deux côtés… » En plus de détruire le papier, elle laisse une odeur âcre et tenace. Mais quel choix ai-je ? Ici, on ne trouve plus que le papier des fins de bobines des rotatives qu'on appelle biftecks. Il y a des trous partout. Ça donne une bien piètre idée de l'édition française. Un jour, peut-être, quelqu'un achètera ces livres, estampillés *Éditions Charlot*, allumera une lampe, se penchera dessus et ne découvrira que des feuilles blanches, puantes et trouées.

5 septembre 1942

J'ai pris contact avec Hachette, qui m'a ri au nez : ils n'ont plus de stock. Un distributeur sans livres, ça n'arrive jamais. Difficile à décrire. On est arrivés au bout de tout, je suis désespéré. Mes étagères sont presque vides. C'est d'une tristesse… Il faut redoubler d'ingéniosité pour publier quelques textes. Quand un livre est mis sur le marché, il est presque aussitôt épuisé ; mais je n'ai quasiment plus rien sur quoi imprimer. Comment vais-je survivre ?

11 septembre 1942

Les rayons de la librairie toujours vides. J'ouvre chaque jour car des amis ou des inconnus passent me voir pour parler. On y est : *Les Vraies Richesses* sans livres.

8 novembre 1942

Soirée chez Max-Pol Fouchet qui a beaucoup insisté pour que je sois là. Je crois que j'avais l'air lugubre, emmitouflé dans mon pardessus noir que je n'ai pas quitté. Il y avait beaucoup de monde. J'ai eu la joie de croiser René-Jean Clot et Frédéric Jacques Temple, jeune casqué arrivé en Algérie au début de l'été, qui aime écrire et qui a du goût pour la belle poésie. Était également présente la chansonnière juive, Agnès Capri, réfugiée à Alger. L'ambiance était électrique, tout le monde parlait à mots couverts de quelque chose qui allait se produire dans la nuit. Je suis rentré chez moi vers 4 heures du matin et une heure après, les Américains débarquaient ! Max-Pol redoutait que nous soyons arrêtés et nous avait réunis pour nous protéger.

Nous sommes soustraits à l'autorité de Vichy et devenons capitale de la France libre !

12 novembre 1942

Je croule sous les demandes et les commandes. Le papier circule de nouveau.

21 novembre 1942

Camus est bloqué au Chambon-sur-Lignon où il se soignait. Il devait rentrer en Algérie par bateau mais le débarquement l'a pris de court. Sa femme Francine, qui est revenue avant lui, me confie qu'il est dans une situation financière compliquée. Malheureusement, je ne trouve aucun moyen de lui faire parvenir de l'argent en France à cause de la coupure entre les deux pays.

2 décembre 1942

De nouveau mobilisé, je rejoins le gouvernement provisoire comme adjoint de l'amiral Barjot chargé de la propagande. Je dirige désormais le service des publications au ministère de l'Information. Nous avons le projet de créer les « éditions de France ». Un jeune homme mobilisé m'a demandé pourquoi je n'écrivais pas, moi qui aimais tant la littérature. Je n'ai pas osé lui répondre qu'écrire m'ennuie. Moi, j'aime publier, collectionner, faire découvrir, créer du lien par les arts !

11 décembre 1942

J'ai dîné avec Soupault qui m'a raconté son voyage à vélo à travers la Tunisie. Il a réussi à partir la veille de l'invasion de Tunis par les troupes allemandes. Il est ensuite retourné chercher Gide avec un avion militaire. Heureux de cette rencontre. Nous avons longuement discuté d'une collection que nous pourrions lancer ensemble. Il s'agirait de livres de poche pour les cinq continents qui paraîtraient en cinq langues. Projet ambitieux (surtout par les temps actuels) mais tellement nécessaire !

17 décembre 1942

Je mène une vie assez étrange entre la mobilisation qui m'enferme dans les casernes et mes rares moments de liberté où je rencontre des tas de gens. Depuis le débarquement, des écrivains, des artistes, des hommes et des femmes de partout arrivent à Alger. C'est une drôle de période.

5 mars 1943

Dîner avec Gide et Saint-Exupéry, tous les deux installés désormais à Alger. Saint-Exupéry m'a semblé déprimé, les Américains refusent de le laisser voler. Il a réussi à ne pas trop montrer sa frustration pour ne pas gâcher le repas et il a disputé une belle partie d'échecs avec Gide. Il a aussi animé la soirée avec des tours de cartes et de prestidigitation. Il avait apporté son exemplaire unique du *Petit Prince* publié aux États-Unis. Il a refusé de me le prêter et ne m'a laissé le regarder qu'assis à côté de lui. C'est une très belle édition, l'impression des dessins est réussie. J'ai tenté de convaincre Antoine de me laisser publier son texte ici, à Alger, car je suis certain qu'il aurait beaucoup de succès mais il a refusé. Il craint que l'édition ne soit moins bien que celle des États-Unis et il a raison, je n'ai pas les moyens nécessaires pour réaliser ce type de travail.

Avant que je m'en aille, Gide m'a pris à part pour me parler de son projet de revue qui permettrait de diffuser la pensée française dans le monde. Il a peur de ce que devient *La Nouvelle Revue française*, contrôlée par les Allemands à travers Drieu La Rochelle, même si l'éditeur Jean Paulhan veille comme il peut avec l'appui de Gaston Gallimard. Gide en a déjà parlé au jeune Jean Amrouche qui est très emballé et qui compte s'installer bientôt à Alger. J'ai dit à Gide tout le bien que je pensais des poèmes d'Amrouche que Guibert m'avait fait parvenir. Jean est un curieux personnage : kabyle, chrétien, français, d'origine algérienne, enseignant les lettres à Tunis. Nous pouvons faire ensemble quelque chose de très bien.

3 avril 1943

Beaucoup de déplacements avec le Gouvernement provisoire. Heureusement les amis et Manon sont là pour s'occuper des *Vraies Richesses*. Du travail la nuit sur les manuscrits et le projet de revue avec Gide et Amrouche. Le titre est trouvé, ce sera *L'Arche*.

20 mai 1943

J'apprends à l'instant la démission de Drieu de *La NRF*. *L'Arche* est en bonne position pour devenir la grande revue française de l'après-guerre.

12 juin 1943

De nombreux auteurs français signent chez moi. Mon catalogue n'a jamais été aussi riche : Bernanos, Giono, le fidèle, Bosco. Je publie aussi des auteurs étrangers : Austen, Moravia, Silone, Woolf.

27 juin 1943

Le gouverneur promet aux musulmans monts et merveilles. Les grandes familles de colons sont furieuses. Qui sait, peut-être qu'après la guerre, nous aurons un pays plus juste.

30 juin 1943

Lu toute la soirée, *Attendu que...*, un inédit de Gide. J'ai été tellement ébloui par ce texte que je lui ai proposé 20 % sur les droits. Gide a refusé, il m'a dit vouloir 10 % comme tout le monde et m'a informé qu'il refuserait de toute façon de signer un contrat car ce n'est pas sa manière de faire. Je lui donnerai 15 %.

11 juillet 1943

Grâce aux amis pilotes, je diffuse mes livres au Liban, en Égypte, en Amérique du Sud. Avant de partir en mission, ils passent aux *Vraies Richesses* prendre des ballots de livres et les vendent ensuite à des libraires sur place. Je suis un éditeur international !

Je reçois aussi beaucoup de lettres d'Armand Guibert qui vit désormais au Portugal. Il me parle de Fernando Pessoa qu'il faut absolument, me dit-il, traduire et faire venir en France. Bien sûr, il conclut par des reproches : *Vous m'oubliez. Vous ne pensez plus à moi...* J'aime beaucoup Armand bien que ses nombreuses et longues lettres me prennent un temps fou. Si je ne réponds pas assez rapidement, il se vexe et m'inonde de récriminations. L'homme a ses habitudes : il exige de chacun de ses correspondants un beau timbre sur l'enveloppe.

27 septembre 1943

Amrouche demande au commissaire à l'information l'autorisation de faire paraître *L'Arche*, ainsi qu'une allocation mensuelle du contingent de papier nécessaire et une subvention exceptionnelle de 250 000 francs pour nous aider au lancement de notre revue.

7 octobre 1943

Frédéric Jacques Temple m'a confié une dizaine de poèmes. Je lui ai offert un de mes exemplaires personnels de *Noces*. Il s'apprête à partir pour l'Italie avec le Corps expéditionnaire français du général Juin et emporte le livre de Camus avec lui. Je garde précieusement ses textes. Il faudra en faire quelque chose un jour car ils sont très beaux et méritent d'être lus. Il a promis de m'écrire depuis le front.

19 octobre 1943

On m'a appelé pour me prévenir qu'un colis était arrivé pour moi via la valise diplomatique de Londres. S'y trouvaient des photos du tirage d'un texte intitulé *Silence de la mer* et un petit mot à l'intérieur écrit au crayon à papier : « prière de réimprimer tout de suite ». Le nom de l'auteur, Vercors, m'est totalement inconnu. Ce que j'en comprends : le texte, assez court, un récit ou une nouvelle, a été publié clandestinement par les éditions de Minuit, l'an dernier, avant d'être réédité aux éditions Cahiers du silence, en juillet, en Angleterre. On me demande de réimprimer sans plus d'instruction. Rien sur le nombre d'exemplaires ni sur la manière de procéder (dois-je conserver le nom de l'auteur ?).

Comment a-t-on su que j'existais ? Étrange.

20 octobre 1943

J'ai commencé à lire le texte de Vercors et je n'ai pas pu m'arrêter avant d'avoir terminé. Il me faut absolument le publier. Je l'ai montré à mon imprimeur, Emmanuel Andreo, qui l'a lu devant moi. Il m'a demandé de lui accorder une journée.

21 octobre 1943

Emmanuel sort à l'instant des *Vraies Richesses*. Il a collecté tout le papier qu'il a pu trouver de toutes les couleurs et de tous les styles possibles. Il en a assez pour tirer 20 000 exemplaires du *Silence de la mer* ! Ce sera un tirage multicolore sur papier vert, jaune, rose… mais ce sera lisible ! Nous lançons immédiatement l'impression.

31 octobre 1943

En une semaine, plus un exemplaire du livre de Vercors à Alger ! Les rayons sont vides. Tout le monde en parle. Il paraît que l'armée libre parachute le texte sur la France occupée. Résistance !

6 novembre 1943

Projet de *L'Arche* validé. En plus de Gide et d'Amrouche, nous pourrons compter sur le journaliste

Robert Aron. Lucie, la femme d'Edgar Faure, a accepté de prêter son appartement pour domicilier la revue.

30 janvier 1944

Robert Aron m'a fait savoir que Gide s'opposait à ce que son nom soit sur le contrat de *L'Arche* bien qu'il souhaite ardemment faire partie de l'aventure. Il conseille que nous nous saisissions de ce projet entièrement, nous les jeunes. Bien !

2 février 1944

Publication imminente du premier numéro de *L'Arche*. Nous sommes particulièrement contents d'un texte de Saint-Exupéry : *Lettre à un otage*.

3 février 1944

Robert Aron et Jean Amrouche s'écrivent des lettres dans tous les sens. Le premier accuse le deuxième de ne pas le respecter en tant qu'éditeur et d'avoir préparé un contrat pour *L'Arche* qui ne serait pas équitable pour moi (je n'ai rien demandé !). Le second reproche au premier de vouloir imposer Lucie Faure en tant que secrétaire de rédaction.

8 février 1944

Robert Aron me fait savoir que le général de Gaulle nous félicite pour le premier numéro de *L'Arche* dont il a pu consulter les épreuves.

10 février 1944

Amrouche et Aron continuent de s'expédier des lettres qui sont comme des missiles. On me demande d'intervenir.

15 février 1944

Gros succès de *L'Arche*. Nous allons être obligés de réimprimer. Amrouche est fier et il a raison, il s'occupe très bien de cette revue, se démène sans arrêt.

17 février 1944

On m'attaque à cause de ma publication du *Silence de la mer*. Les communistes veulent ma tête et m'accusent d'avoir publié un livre fasciste. Le personnage du bon Allemand les gêne. Ils exigent que je sois traduit devant la justice militaire. Après avoir été présumé gaulliste, sympathisant communiste, me voici à présent fasciste… On n'épargne rien aux éditeurs.

18 février 1944

Nous avons reçu un bon de déblocage : deux tonnes de papier en grosses bobines pour le prochain numéro de *L'Arche*.

21 février 1944

Robert Aron a écrit à nos imprimeurs pour les menacer. Il exige qu'on n'imprime rien pour *L'Arche* sans sa signature et que tous les documents concernant la revue lui soient remis. Cette histoire va trop loin. On me prévient qu'il a pris un conseil. Gide et moi devons calmer le jeu. Amrouche va conserver la direction de *L'Arche*, elle lui revient.

11 mars 1944

Réussi à écouler les derniers exemplaires de *Noces*. 1 225 exemplaires en six ans.

29 mars 1944

Reçu des poèmes de F. J. Temple qui m'écrit de son char pendant ses rares moments de répit. Au milieu de la nuit, ses poèmes résonnent encore en moi. Malgré la guerre qu'il vit en première ligne, il réussit à conserver sa faculté d'émerveillement.

1er août 1944

On m'annonce que Saint-Exupéry se serait écrasé. Dernier écho radar proche des côtes de la Provence. Quelques jours avant son départ, je l'ai croisé. Il était debout sur un trottoir, perdu dans ses pensées. Il m'a confié que les Américains lui avaient enfin accordé quelques vols, dont un de reconnaissance, mais qu'il voyait bien qu'on le trouvait désormais trop vieux pour voler. J'ai tenté de le réconforter en lui disant que la fin de la guerre était proche et que nous allions gagner. Il a eu cette étrange réponse : « Oui, on a gagné la guerre mais quand même on l'a perdue. » Et il est parti, la mine toujours soucieuse.

3 août 1944

La rumeur qui court depuis plusieurs jours n'en est plus une… Saint-Exupéry a bien disparu en plein vol. L'un de mes plus beaux souvenirs de lui : nous étions invités à déjeuner chez un ami commun. À mon arrivée, tout le monde était là, sauf Antoine. Nous l'avons longuement attendu et, inquiet, j'ai fini par regarder par la fenêtre. Il était assis sur le trottoir, sous un soleil aveuglant, entouré d'une nuée d'enfants qui semblaient hurler de joie. Il fabriquait pour eux de petits avions dans un papier argenté qui provenait des barres de chocolat fournies par l'armée. Il en avait toujours sur lui et les offrait aux gamins qu'il rencontrait dans la rue. Les petits avions montaient en tourbillonnant dans le ciel et les enfants, le visage barbouillé de traces de chocolat, couraient, tentant de les suivre, sautant pour les attraper… Adieu Antoine !

13 août 1944

On me dit que Drieu aurait tenté de se suicider. *La NRF* est-elle définitivement enterrée ? Que va devenir Gallimard ?

25 août 1944

Paris libéré ! Hourra !

19 septembre 1944

Les nouvelles de la métropole m'arrivent par bribes mais semblent toutes dire la même chose : partout arrestations, procès, et tentative d'emprisonnement des écrivains et éditeurs soupçonnés d'avoir collaboré avec l'occupant.

21 septembre 1944

Projet d'ouvrir une succursale des éditions Charlot à Paris. C'est le moment où jamais. Il y a une place à prendre aurait affirmé Grenier.

5 novembre 1944

La NRF est interdite à cause de sa collaboration avec l'Allemagne. Paulhan est chargé de la liquider et Amrouche trépigne. Il est d'une exigence folle au sujet de *L'Arche* qui **doit absolument**, dit-il, remplacer *La NRF*. Il s'apprête à quitter Alger pour transférer les bureaux de la revue à Paris.

1er décembre 1944

Toujours mobilisé, je suis muté à Paris. Je laisse femme et enfants à Alger. Mon frère Pierre s'occupera des *Vraies Richesses* pendant mon absence.

4

Ryad transpire sur son matelas, la respiration hale-
tante. C'est le petit matin. Il est pris d'un sentiment de
panique. Le silence de la librairie lui semble lourd, et
Claire lui semble loin. Il se redresse, une main dans les
cheveux, l'autre cherchant à tâtons l'interrupteur de
la lampe de chevet. Maintenant éclairé, le décor de la
mezzanine lui apparaît plus nettement. Il regarde
autour de lui, effrayé à l'idée de découvrir quelque
chose d'inhabituel. Il enfile ses baskets, s'empresse de
descendre l'escalier raide, trébuche, se rattrape comme
il peut, et ouvre la porte en grand avec l'envie d'être
absorbé par le bruit de la ville. Une brise froide le gifle
instantanément ainsi qu'un seau d'eau sale jeté par la
voisine du dessus qui nettoie son balcon. Elle éclate
de rire et se cache à l'intérieur avant que Ryad n'ait le
temps de lui faire un reproche.
À côté de la porte, une femme à la tête de cheval
est assise sur un tabouret en bois à trois pieds. Elle a
étalé des parfums de contrefaçon sur un petit tapis
rouge. On peut y lire les plus grandes marques : Dior,
Saint-Laurent, Chanel, Hermès… Elle salue joyeusement Ryad en désignant sa marchandise :
– Des parfums pour homme. Les meilleurs de la ville,
tu ne trouveras rien d'équivalent ailleurs. Prends-en un,

je te le fais à trois cents dinars au lieu de trois cent cinquante, prix de voisin.

– Heu… non merci.

– Allez, achètes-en un pour ta princesse, alors.

– Je n'ai pas de princesse.

– Un beau garçon comme toi ? Comment est-ce possible ?

– …

– Ah ! Alors prends-en un pour ton prince.

– Non, ce n'est pas ça, je ne veux pas de parfum.

– Tu devrais, tu sens mauvais. Viens, je te fais un petit pschiit gratuitement. Viens là, approche-toi, j'ai du mal à me lever à cause de ma sciatique.

– Non vraiment, je voulais juste ouvrir la porte et…

– Viens là je te dis, viens, ne fais pas ton timide.

Pschiiiiiiiiiiiit, pschiiiiiiiiit. Agrumes dans le cou, les cheveux, le corps. Sur le trottoir d'en face, Abdallah sourit, appuyé sur sa canne. Ryad le rejoint et lui propose :

– On va prendre un café ?

– Oui.

– Tu sens mauvais, tu sais.

– Je sais, je sais…

Le vieux l'entraîne à travers un dédale de rues. Il marche vite malgré son âge et sa canne. À leur passage, les commerçants saluent Abdallah, qui d'un signe, d'un *Saha*, d'un bonjour.

Ils arrivent dans un petit café sans fioritures. Trois portraits d'anciens présidents sont accrochés au mur. Il y a Ahmed Ben Bella, Houari Boumédiène et Mohamed Boudiaf. La radio est allumée mais le son est très bas, un simple bourdonnement. La lumière est d'un blanc criard. On peut apercevoir la cuisine au fond où des femmes voilées s'activent doucement en bâillant. L'une d'entre elles, une belle brune vêtue d'un chemisier moulant, se palpe les seins face à une autre femme qui approuve de la tête.

Assis au comptoir, un homme au visage ravagé par les ennuis pleure doucement. À ses côtés, une femme joue quelques notes à la guitare en fredonnant doucement. Elle salut Abdallah d'un petit signe de la tête.

Ryad et Abdallah s'installent autour d'une table en Formica bleu. Ce dernier a du mal à respirer. Raisons possibles pense Ryad : embolie pulmonaire, prémices d'une crise cardiaque ou d'une crise d'angoisse, tristesse. Respirations rythmées qui font un bruit de vagues. Il se remémore ses vacances, l'été précédent, en Provence. Claire portait un bikini bleu ciel, le même bleu que celui de ses yeux. Le même bleu que le pull d'Abdallah qui le fixe.

– C'est rare, des yeux aussi noirs que les vôtres, non ? Je veux dire, on ne remarque même pas l'iris tellement ils sont noirs, c'est presque effrayant.

– Tu ne vas pas avoir peur juste parce que j'ai les yeux noirs.

– Non, non…

– Qu'est-ce que tu vas faire, aujourd'hui ?

– Ranger.

– Ranger ? Déranger, tu veux dire.

– Ranger, déranger, oui.

– Qu'est-ce qu'il te reste ?

– Les livres du haut.

– Oui, ceux de la Pléiade.

– Vous avez l'air de bien connaître cette librairie.

– J'y ai passé beaucoup de temps.

– Vous aimez lire ?

– J'y travaillais. Je remplissais les fiches d'abonnement, je faisais le tri.

– Les fiches d'abonnement ?

– Oui, c'était une librairie jusque dans les années 1990, puis elle a été transformée en bibliothèque de prêt. Tu dors dans la mezzanine ?

– Oui… Et elle était très fréquentée ?

– Non, il y avait au maximum cinq personnes par mois.

– Ah, tant mieux !

– Tant mieux ? Tu crois que sa fermeture est moins grave parce qu'elle était peu fréquentée ?

– Eh bien, oui.

– Tu es idiot. Que vas-tu faire des livres ?

– Le propriétaire veut que je les jette.

– Les jeter ? Tu ne vas pas les jeter. Jeter des livres ? Tu te rends compte de ce que tu dis ?

– Qu'est-ce que je peux faire d'autre ?

– Donne-les, garde-les, peu importe mais ne mets pas des livres à la poubelle.

– Vous aimez lire ?

– Non.

– Alors pourquoi vous vous occupez de ces livres ?

– Ils sont importants pour moi.

– Vous savez, maintenant, on peut les acheter sur Internet. Se faire livrer n'importe quel ouvrage n'importe où. On peut même les lire en ligne, sur une tablette.

– Tsss, tssss !

Abdallah avale les dernières gouttes de son café et se lève. Ryad fouille dans sa poche mais le serveur s'empresse de lui faire signe de laisser tomber.

– C'est gratuit, pour vous.

Ryad bredouille un rapide merci avant de suivre Abdallah qui repart déjà vers la librairie. Quand ils

98

arrivent, la femme à la tête de cheval est en grande transaction avec deux adolescentes :

– Je te donne un *Dior J'adore* et un *Pure Poison* pour cinq cents dinars. C'est un prix d'ami.

– Mais je t'assure que nous n'avons que quatre cents dinars… Fais-nous un prix.

– Vous allez me ruiner, vous comprenez ? Tu sais que j'ai cinq enfants à ma charge ? Mon mari avait le feu aux fesses, il est parti avec un homme, un petit gigolo.

– Je t'assure, on ne peut pas te donner plus.

– D'accord, d'accord. Prenez, prenez, mais revenez me voir.

Dans un placard, Ryad découvre des ouvrages imprimés sur un beau papier fin, presque transparent. Il se risque à en ouvrir un mais le referme aussitôt, effrayé par les minuscules caractères. Il allume une cigarette et la fume sur le pas de la porte. Il recommence à pleuvoir. Ce sont de grosses gouttes qui tombent lourdement, presque avec paresse. Abdallah le salue depuis son trottoir. Les deux hommes se font face sans se parler.

Vers minuit, Ryad est encore au milieu des livres. Il ne ressent ni faim ni fatigue. Il finit par monter dans la mezzanine et s'allonge les bras tendus derrière la tête dans l'obscurité. Il entend quelques klaxons et le crissement de pneus sur le bitume. La lumière des phares traverse de temps à autre la façade vitrée des *Vraies Richesses*. C'est comme des soleils qui naissent et meurent en quelques secondes.

Dans la rue, s'élève une voix de femme mélancolique. Ryad tente de saisir le chant malgré le vent qui souffle et la pluie qui fouette la vitrine. Il est question d'un amour impossible, d'un homme aimé qui s'en est allé au loin. La voix prend de l'ampleur. On l'entend retenir un homme qui l'a quittée. Il faut se préparer à oublier les images du passé, les signes qui ne trompent pas, à se perdre dans la tristesse. Je ne crois pas aux séparations, pense Ryad qui soulève la couverture pour se couvrir le visage, pris d'une soudaine envie de pleurer. Il imagine Claire auprès de lui, allongée sur le dos, son ventre se soulevant doucement au gré de sa respiration. Il lui fait une place imaginaire sur le matelas, tente de ne pas bouger pour la garder un peu avec lui. La voix dehors recommence à chanter accompagnée de la guitare. C'est encore une histoire de femme au cœur brisé. L'homme en aime une autre, cette fois. Claire, le matelas, la librairie, Ryad, les yeux fermés. La chanson. La guitare. La pluie sur la vitre. Quelqu'un frappe à la porte.

C'est Abdallah.

Ryad s'empresse de lui ouvrir :

– Est-ce que tout va bien ?

Le vieil homme acquiesce. Ses yeux noirs sont humides. Ryad l'entraîne vers une chaise et l'oblige à s'asseoir.

– Je ne veux pas te déranger.

– Je ne faisais rien de particulier.

Le voilà, Abdallah, de nouveau à l'intérieur du 2 bis, avec son drap blanc sur les épaules. On dirait un étrange mage, une apparition. Il est ici chez lui, son regard embrasse la pièce, cherche à retrouver les souvenirs. Il pâlit à la vue des livres par terre. Ryad en empile quelques-uns pour les transformer en sièges de fortune. À l'extérieur, on peut entendre une dispute entre deux conducteurs et des klaxons agacés par cette querelle qui s'éternise et qui bloque la circulation.

De sa poche, Abdallah sort de vieilles photos pliées en quatre. Il les tend à Ryad qui les saisit avec précaution. Sur la première, on voit Abdallah, bien plus jeune, au côté d'une femme qui porte un nourrisson. Ils sont dans un salon, les meubles sont recouverts de napperons blancs brodés de fleurs et de fruits.

Sur la deuxième, il y a une petite fille, assise par terre, plongée dans un vieux bouquin. *L'Enfant et la Rivière*, Henri Bosco, éditions Charlot. Sur la troisième, Ryad voit une jeune femme en robe de mariée accrochée au bras d'un homme à la mine sévère.

– La première photo, c'est ma fille âgée de quelques mois dans les bras de ma femme. Là, elle est en train de lire un de ses livres préférés ici même ; et puis sur la dernière, c'est le jour de son mariage.

– Elle est très belle.

Le vieil homme approuve, esquisse même un sourire de fierté. Ryad demande :

– Vous avez aimé travailler ici ?

Il réfléchit.

– Oui. Ces livres m'ont accompagné tous les jours pendant des années. Au début, je passais mes soirées à les classer, à mettre des cotes, à entrer des données dans un registre. Pour chacun d'entre eux, il fallait que j'indique le nom de l'auteur, le titre, le numéro ISBN, des mots-clés. Je lisais aussi quelques pages pour rédiger les résumés et répondre aux questions des lecteurs… C'est difficile de t'expliquer ce que ce lieu signifie pour moi. Peu de gens le savent mais je n'aimais pas lire et je ne suis toujours pas certain d'aimer cela aujourd'hui, mais j'aime être entouré de livres même si j'ai mis beaucoup de temps à apprendre à lire. Durant la colonisation, il n'y avait qu'une école pour les Français et aucune pour nous. On m'a appris l'arabe à la zaouïa. Et le français, ce n'est arrivé qu'après l'Indépendance, grâce à ma femme qui me l'a enseigné. Elle ne s'est jamais moquée de mon ignorance. Elle a pris le temps, patiemment, de m'initier à la lecture. Il a fallu que je me batte longtemps contre moi-même pour ne plus être intimidé par les mots imprimés. Peut-être que pour des gens comme moi, lire n'est pas naturel. Un livre, ça se touche, ça se sent. Il ne faut pas hésiter à corner des pages, à l'abandonner, à y revenir, à le cacher sous l'oreiller… Je ne sais pas faire ça. Aujourd'hui encore, mon premier réflexe lorsque j'en aperçois un, c'est de le ranger.

Il se penche :

– Celui-ci je l'ai souvent lu. Il s'agit des *Vraies Richesses* de monsieur Giono. J'avais envie de comprendre pourquoi cette librairie s'appelait ainsi. Ah, voilà le passage que je préfère : *Ils avaient l'habitude d'attendre des ordres pour vivre. Maintenant, ils se sont décidés à vivre, humblement, de leur propre gré, sans écouter personne, et voilà que tout s'est éclairé, véritablement, comme quand on a trouvé l'allumette et la lampe, que la maison s'éclaire, qu'on sait enfin où porter la main pour trouver les choses nécessaires ; comme aussi quand l'aube s'allume dans une plus vaste habitation que la maison et qu'à l'endroit où le monde était fermé et noir sous une boue de nuit, les vallées, les fleuves, les collines et les forêts se découvrent avec toute la joie de vivre.* C'est ce que j'ai senti lorsque je suis arrivé dans cette librairie.

La guitare a cessé de jouer. La chanteuse s'est tue.

Sétif, mai 1945

La Mère Patrie n'oubliera pas au jour de la victoire tout ce qu'elle doit à ses enfants de l'Afrique du Nord. Face aux tirs ennemis et sous les bombes, nous avons défendu la France contre l'ennemi. Nous avons participé à la bataille de Monte Cassino, à la libération des villes du Sud, nous avons combattu en Italie où nous avons dû abandonner les corps de centaines des nôtres, nous avons fait libérer l'Alsace et avons marché jusqu'en Allemagne nazie ! Les bombes et les tirs ne distinguaient pas le Français de l'indigène.

Ben Bella, le futur premier président de l'Algérie, est décoré par de Gaulle en Italie où combattent également Mohamed Boudiaf, Krim Belkacem, Larbi Ben M'hidi, les futurs héros de la révolution algérienne. Partout on salue notre courage.

En Algérie, on se prépare à célébrer la Libération. Nous voulons participer aux manifestations de joie populaire et en profiter pour rappeler les promesses faites pendant la guerre.

À Sétif, les autorités françaises nous permettent de célébrer la victoire, à condition qu'on ne se mélange pas avec les Européens. Et que notre manifestation n'ait pas de caractère politique. Les cloches sonnent. Nous sommes des milliers dans la rue. Notre cortège s'ébranle joyeusement. Nous sommes rejoints par des paysans de tous les environs. Au milieu de la foule apparaît pour la première fois le drapeau vert et blanc aux symboles rouges. Nous soulevons des banderoles où nous réclamons l'égalité avec les Français, la libération de nos prisonniers politiques et l'indépendance de l'Algérie. Nous croisons un policier qui est entraîné par la foule. Il sort son arme et tire. Un jeune scout indigène qui tient un drapeau algérien tombe à terre. Nous hurlons, paniqués. C'est le début des massacres. Le maire socialiste de Sétif, homme bon, tente de s'interposer, de faire cesser les coups de feu. Il est abattu. Par qui ? Nous ne le saurons jamais. Toute la journée et toute la nuit, on nous tire dessus. Et au matin, le massacre reprend. Pendant deux semaines, la violence se déchaîne. Des Français isolés se font abattre. L'armée arrête et fusille des milliers d'indigènes. On arme des colons qui ratissent et détruisent des villages entiers. Les trottoirs sont rouges de sang. Des cadavres sont jetés dans des puits. À Héliopolis, on allume les fours à chaux pour brûler les morts encombrants.

Le jeune Kateb Yacine est alors scolarisé au lycée de Sétif. Le futur auteur de *Nedjma* n'a que quinze ans. Lorsqu'il entend parler des massacres, il rejoint les manifestants malgré les protestations de sa mère. Très vite, il est arrêté et jeté en prison où il passera trois mois, redoutant chaque jour d'être fusillé. On annonce à sa mère qu'il est mort. La voici errant dans la rue, à la recherche du corps de son fils. Elle pleure, supplie, prie à en perdre la raison. Sa famille est obligée de la faire interner dans un asile. Elle ne sera plus jamais elle-même.

Dans tout le Constantinois, l'armée organise des cérémonies humiliantes : nous devons nous mettre à genoux devant le drapeau français et crier que nous sommes des chiens.

Enfin, ils sont de retour en Algérie, ces tirailleurs indigènes applaudis et couronnés de succès ! Ils sont fiers, et cette victoire de la France, c'est aussi la leur. Ils l'ont fêtée en métropole avec leurs camarades français et rapportent avec eux la liste des amis morts au combat, les histoires du régiment, les parties de cartes au coin du feu. Ils arrivent vêtus de leurs uniformes, les médailles agrafées sur la poitrine, pleins d'espoir pour l'avenir. Nous les accueillons dans nos villages détruits et leur apprenons les massacres commis.

Le général de Gaulle envoie Paul Tubert en Algérie. Ce diplômé en droit et sciences politiques, élève de l'école militaire d'infanterie, a servi en Tunisie, à Madagascar, au Maroc, en Albanie et en Algérie. Il débarque à Alger le 19 mai. On l'y retient pendant une semaine. Impossible d'aller dans le Constantinois. Il en profite pour rencontrer diverses personnalités de l'administration des deux côtés, tant colon qu'indigène. Les langues se délient. On commence à raconter l'horreur. Le 25 mai, enfin, il arrive à Sétif mais dans la journée, un télégramme envoyé par le gouvernement général d'Alger lui ordonne de rentrer à Paris. Il alerte l'Assemblée le 10 juillet 1945. L'heure est grave. Il faut réagir très vite, dit-il. *Le temps presse.* L'assemblée est mal à l'aise. Aucune suite officielle n'est donnée.

La Seconde Guerre mondiale vient de s'achever. Nous savons que nous devrons bientôt prendre les armes et que la France ne peut plus rester en Algérie. Le futur président Boumediene, âgé de treize ans, a assisté aux massacres et racontera plus tard : « Ce jour-là, j'ai vieilli prématurément. L'adolescent que j'étais est devenu un homme. Ce jour-là, le monde a basculé. Même les ancêtres ont bougé sous terre. Et les enfants ont compris qu'il fallait se battre les armes à la main pour devenir des hommes libres. Personne ne peut oublier ce jour-là ».

Le général Duval, aux commandes de la répression, déclare : « Je vous ai donné la paix pour dix ans. Si la France ne fait rien, tout recommencera en pire et probablement de façon irrémédiable. » L'homme est lucide.

L'organisation de la révolte par des hommes et des femmes venus de tout le pays prendra neuf ans. Neuf ans pendant lesquels ils se rencontrent secrètement, montent des réseaux, mettent sur pied une minuscule armée. Ils seront rejoints par des Français acquis à la cause algérienne : le mathématicien Maurice Audin, l'ouvrier Fernand Iveton, le poète Jean Sénac, l'aspirant Henri Maillot, le médecin Pierre Chaulet… Ils seront recherchés, torturés, condamnés à mort. Beaucoup d'entre eux mourront avant la proclamation de l'Indépendance.

Nous ne le savons pas encore, mais ce sera bientôt le début de l'insurrection en Algérie.

Pour l'heure, les portes des maisons se ferment. Chacun pleure ses morts et ses disparus.

Carnet d'Edmond Charlot
Paris, 1945-1949

2 janvier 1945

Mobilisé comme militaire au Service technique de l'information où je dépends du polytechnicien et commandant Albert de Bailliencourt. Bureau sur les Champs-Élysées. Il y a une table, une chaise et du travail pour une personne. Le problème est que nous sommes trois ! Il me faut passer le matin. Si on n'a rien à me donner, je suis libre de partir me promener. Totalement désœuvré, je visite Paris pendant qu'à Alger, ma femme, mon frère et les amis restés là-bas s'occupent des *Vraies Richesses*. Amrouche est avec moi et travaille sans relâche à faire en sorte que la revue de *L'Arche* continue de grandir et d'acquérir de nouveaux lecteurs.

Sur les conseils de Camus, je prends une chambre à l'hôtel de la Minerve, rue de la Chaise, dans le 7e arrondissement. Lorsqu'un visiteur demande un de ses clients, une belle blonde, qui ressemble à l'actrice Yvette Lebon, agite une énorme cloche à vache. Elle fait un sacré boucan ! C'est ça Paris…

12 janvier 1945

Recrutement d'une secrétaire, Madeleine Hidalgo, parfaitement trilingue et d'une grande efficacité. Nous travaillons depuis la salle à manger de l'hôtel mais ce n'est pas chauffé. Madeleine éternue et ses mains rougies ne tiennent que difficilement son stylo.

21 janvier 1945

Je passe mes journées à chercher un local assez grand pour accueillir les éditions Charlot et qui soit dans mes moyens (pas énormes).

31 janvier 1945

Camus m'a présenté le maquettiste Pierre Faucheux. L'homme est intéressant. Je lui ai proposé de réfléchir à de nouvelles couvertures pour mes collections.

11 février 1945

Nous ne pouvions décemment plus travailler à l'hôtel, le froid nous empêche de nous concentrer. Désormais nous sommes installés au Café de Flore où nous prenons notre petit déjeuner non loin de Sartre et Simone de Beauvoir, installés de l'autre côté de la salle et qui semblent chercher la même chose que nous : chauffage, vrai café et silence. Amrouche, Poncet, Gide et moi y préparons l'ouverture de la succursale parisienne des éditions Charlot.

13 février 1945

Reçu une lettre de Roblès qui ne veut pas rejoindre l'équipe parisienne des éditions Charlot. Il ne m'a pas caché à quel point il lui était difficile de travailler avec Amrouche. À cela s'ajoute un projet de revue auquel il réfléchit avec le but de « forger de solides amitiés, par-delà les soucis immédiats et cruels des uns et des autres » et qui serait trilingue (français/arabe/berbère).

18 février 1945

Écrit à Vercors pour lui demander ce qu'il désire faire au sujet de l'édition du *Silence de la mer* publiée à Alger avant la Libération. Veut-il que le livre soit désormais exploité uniquement par les éditions de Minuit ? J'ai profité de ce courrier pour lui glisser une copie du *Journal officiel* où les communistes crient au fascisme et réclament sa tête. J'espère que cela l'amusera.

27 février 1945

Faucheux propose de rajeunir l'ensemble des couvertures. Il pense que ce renouvellement fera vendre. Il a raison, il faut combiner esthétisme et information.

18 mars 1945

En rentrant à l'hôtel, madame Glorifet m'a tendu une lettre déposée par un pasteur : *On me signale que vous cherchez un local. Une de mes ouailles, prisonnier de guerre, est revenue malade et veut se défaire de son local rue de Verneuil. Êtes-vous preneur ?*

20 mars 1945

Visite du local qui est en mauvais état. Les trois pièces en longueur vont peut-être compliquer notre organisation mais le quartier nous convient et surtout, il est dans mes moyens. J'achète !

8 mai 1945

Jour de victoire pour la France et installation des éditions Charlot au 8, rue de Verneuil.

15 mai 1945

Les nouvelles d'Algérie sont effrayantes. Que s'est-il passé dans le Constantinois ? Nos discussions sur le sujet sont des plus vives et se terminent souvent en querelles. Personne n'est d'accord sur ce qu'il faut faire en Algérie.

3 juin 1945

Les éditions Charlot à Paris sont désormais organisées en SARL. Je conserve cependant le siège social à Alger et je ferai le voyage entre les deux rives.

Les rôles et titres ont été distribués de la sorte :

Directeur éditorial : Jean Amrouche.

Directeur commercial : Charles Poncet.

Directeur général : Edmond Charlot

Armand Guibert, qui revient en France après ses nombreux voyages au Portugal, en Italie et en Afrique du Sud, endosse la responsabilité du service étranger. Il est tout heureux de nous retrouver. À tous, j'ai offert des actions de la société. Bien sûr, Madeleine fait toujours partie de l'équipe ainsi qu'une nouvelle recrue, Dominique Aury, recommandée par Jean Paulhan à Amrouche. Pendant la guerre, elle faisait partie de la commission de contrôle du papier. Sa connaissance des réseaux parisiens et l'appui de Paulhan, qui semble beaucoup tenir à elle, nous seront peut-être utiles.

10 juin 1945

Je dépose une enveloppe remplie d'argent sur la table. Les copains sont invités à piocher dedans en cas de besoin. J'ai l'impression d'être leur père.

22 juin 1945

Amrouche totalement obsédé par *L'Arche*. Il écrit sans cesse à Paulhan et à Gide, au premier pour lui demander de s'engager fermement dans l'équipe, ce qui serait un symbole fort de la part de l'ancien directeur de *La NRF* ; et au deuxième pour lui rappeler qu'il est le parrain de la revue. J'ai essayé, en vain, de lui faire comprendre qu'il fallait ménager les deux hommes, ne pas leur donner l'impression que nous sommes désespérés. J'ai une profonde amitié pour Amrouche, mais m'a-t-il déjà écouté ?

29 juin 1945

Des difficultés à trouver du papier. Cela n'en finira donc jamais ? La règle ? Elle est injuste ! Les quantités sont accordées en fonction de la production avant-guerre et ceux qui n'existaient pas en métropole avant l'arrivée des Allemands peuvent bien aller se faire voir. Tout pour les grandes maisons, rien pour les autres ! On me raconte que Malraux a dû intervenir personnellement afin que les éditions de Minuit obtiennent un quota.

2 août 1945

Départ à Alger pour une semaine. Les voyages entre les deux rives m'épuisent. Il me faut sans cesse rattraper des bourdes, apaiser les tensions qui se créent, encourager les uns et les autres, et tout cela à distance. Avoir un siège d'un côté de la Méditerranée et une succursale de l'autre complique tout.

29 août 1945

Dîner avec Jules Roy, Armand Guibert et Jean Amrouche dans un charmant bistrot parisien. J'étais quelque peu absent et cela a dû se remarquer. Les soucis matériels m'empêchent de profiter des moments passés avec les amis. J'ai regardé ces hommes autour de moi, si différents et en même temps unis par les mêmes rêves.

5 septembre 1945

Amrouche est plein d'idées grandioses. Il lit attentivement les manuscrits que de jeunes écrivains lui envoient, essayant toujours de trouver ce qui peut être intéressant, beau, publiable. Il leur répond par de longues lettres pour les encourager, reçoit même certains d'entre eux... Il est parfois sec mais je le sais fidèle aux éditions Charlot.

12 septembre 1945

Nous tentons d'organiser les éditions malgré la rudesse de la concurrence, le tout avec une image d'éditeurs algériens exotique. Nous réussissons à publier entre 12 et 15 livres par mois.

18 septembre 1945

Amrouche m'a convaincu d'imprimer de coûteux et luxueux catalogues pour présenter nos livres et nos auteurs. Il souhaite aussi que nous nous lancions dans des campagnes de presse. Camus, sceptique, me conseille de me méfier : « Il faut freiner les choses, commencer petit. »

21 septembre 1945

Déjeuner dans un petit restaurant rue des Canettes. Il y avait Soupault, Amrouche, Roblès, Aury, Poncet Sauvage et Fréminville.

Discussion intéressante avec Soupault qui a énormément de relations. Nous avons, grâce à lui, des accords avec de nombreux écrivains et agents. C'est un homme que j'aime beaucoup et que j'admire, peut-être plus que Camus d'un point de vue littéraire.

9 octobre 45

Nous vivons comme des étudiants sans le sou, peinons à entretenir nos familles, devons mener de front tous les combats. Je suis effaré par nos nombreuses négligences. Certains de nos écrivains n'ont jamais signé de contrat. Je suis empêtré dans des problèmes juridiques insurmontables. À Paris, rien n'est comme à Alger : la juridiction est différente, les impôts ne se règlent pas de la même manière, ni les droits d'auteur, les frais de fabrication, les frais généraux, les salaires ni même les cotisations sociales.

1er novembre 1945

Envoi de nombreuses lettres aux membres des jurys de prix littéraires.

Rédaction d'une lettre destinée aux journalistes pour présenter quelques ouvrages des éditions Charlot à paraître. Brouillon à transmettre à Amrouche et à Camus pour relecture et avis.

29 novembre 1945

On me prévient que Gide a demandé à Paulhan s'il ne souhaiterait pas récupérer *L'Arche* pour sa maison, mais Gallimard aurait jugé « plat » le dernier numéro. Le mot « ridicule » aurait même été prononcé. Amrouche ne semble pas au courant. Je suis furieux. Je m'en suis ouvert à Poncet qui est inquiet car des rumeurs circulent à Paris sur une faillite prochaine des éditions Charlot. Il faut tenir, garder le cap et surtout rester unis.

10 décembre 1945

Le Mas Théotime, prix Renaudot ! Je suis tellement heureux pour Henri Bosco qui le mérite amplement.

C'est un écrivain accompli, un homme de la Méditerranée pétri de soleil, de Provence, de poésie et qui a du cœur ! Quelle joie pour lui et quelle joie pour les éditions Charlot, pour tous ceux qui participent à cette aventure. Nuit blanche à fêter la nouvelle avec les copains.

17 décembre 1945

Prix du roman populiste pour *Travail d'homme* d'Emmanuel Roblès ! Comment décrire ce que je ressens ? Toute cette frénésie autour des prix littéraires. Il me semble que le monde entier a les yeux tournés vers nous. Joie, joie, joie !

19 décembre 1945

Reçu une lettre d'Armand Guibert datée du 26 novembre. Je me demande par quel chemin elle est passée pour n'arriver qu'aujourd'hui. Il m'écrit une très belle note sur *Le Mas Théotime*, que je transmets à Henri. Il sera touché.

17 janvier 1946

Englouti sous les vœux reçus et auxquels répondre, les lettres de toutes sortes, les commandes des libraires et autres documents. Les amis et la famille en pâtissent.

5 février 1946

Publication de *Sur mon cheval*, recueil des poèmes de Frédéric Jacques Temple. Je n'ai pas oublié la promesse que je lui avais faite avant son départ sur le front. Il m'a écrit une longue lettre afin de me dire à quel point il était ému. J'ai, pour cet homme que je connais peu, une profonde amitié. *Sur mon cheval sans armes ni bagages je partirai un jour te retrouver...*

11 février 1946

Lettre à Guibert pour lui rappeler qu'Amrouche attend ses textes et que je serais intéressé par un écrit sur Prétoria. J'aimerais savoir comment on y vit, à quoi on rêve, qui on aime. Pretoria, quel beau nom !

22 février 1946

Réponse de Guibert qui me rappelle que je lui dois 17 430 francs au titre du salaire de mai, pareil pour juin, et 38 000 francs pour le règlement de la traduction de l'ouvrage *Eternidade* de Ferreira de Castro.

27 février 1946

J'apprends en lisant le journal que Momo, l'ami de la Casbah, a battu à Paris le record du monde de distance sous l'eau. Nom de Dieu, cet homme est incroyable. J'ai gardé la coupure de presse.

6 mars 1946

Les difficultés sont énormes. Les grandes maisons d'édition se remettent bien de la guerre et nous livrent une concurrence effrénée. Ils nous prennent de haut, nous qui arrivons d'Algérie, *des bouseux*. Je sais que mes auteurs sont approchés, courtisés, invités à dîner. On leur promet monts et merveilles. On assure que je suis à quelques mois de la faillite.

8 mars 1946

Paulhan refuse d'entrer dans le comité de *L'Arche*. Cette fois-ci, au moins, c'est clair. Amrouche est furieux, triste. Tous les tracas (manque de papier, retards des uns et des autres, coups bas de nos concurrents) nous épuisent et ne nous permettent pas de respecter nos délais.

15 mars 1946

Publication d'un livre de Paul Tubert. Le titre est bien ironique : *L'Algérie vivra française et heureuse.* L'an dernier, le général Tubert a été mandaté par le général de Gaulle pour enquêter sur les massacres de Sétif. Il me propose le texte de son intervention devant l'Assemblée. Nous sommes convenus de dater son intervention au 10 juillet 1943, avant les massacres de Sétif, pour éviter tout problème. Et pour ne pas faire courir de trop gros risques à mes imprimeurs, le travail sera attribué aux *Presses spéciales* qui n'existent évidemment pas. Manipulation, dissimulation.

2 mai 1946

Livres et manuscrits s'entassent dans tous les coins. Nous manquons de place. Il devient urgent de chercher un autre local. Nos faibles moyens ne nous permettent pas de trouver quelque chose de convenable.

6 mai 1946

Amrouche me tanne depuis des semaines au sujet d'un vieil échiquier qu'il a repéré et qu'il souhaite offrir à Gide. J'ai fini par céder et par donner l'argent nécessaire à cet achat. C'est donc cela, être éditeur aujourd'hui.

22 mai 1946

Drôle de vie, décidément, avec les enfants et Manon là-bas, et moi ici. L'édition a mené ma vie, elle me prendra femme et enfants.

15 juin 1946

Querelle entre Amrouche et Poncet qui ne s'entendent pas, je le vois bien. On me dit de me méfier d'Amrouche qui voudrait diriger seul la revue (mais c'est déjà le cas). Il ne cesse de demander plus d'égards, autant que Poncet. Tout cela n'est qu'enfantillage.

29 octobre 1946

Vincent Auriol m'a fait venir au Sénat et me sollicite pour réimprimer son *Hier... Demain* à 35 000 exemplaires. Je lui ai répondu que je n'avais plus de papier et même pas le téléphone. À vrai dire, je manque de tout. « Foncez, m'a-t-il dit, vous aurez les deux ! » À peine revenu rue de Verneuil, je trouvais les installateurs du téléphone. Lancement de l'impression de l'ouvrage d'Auriol à 35 000 exemplaires.

4 décembre 1946

Jules Roy célèbre son prix Renaudot pour *La Vallée heureuse* ! Il a fait sensation en venant signer son livre dans nos locaux en tenue d'aviateur.

6 décembre 1946

Visite à l'imprimerie Crété, fondée en 1829 à Corbeil, et qui réalise une partie importante de notre catalogue. Très impressionné par le professionnalisme de tous les employés.

22 décembre 1946

Le papier promis par Auriol n'a jamais été livré. Il faut que je me fasse une raison. S'il est élu président, ses livres se vendront en quelques semaines.

31 décembre 1946

Jour de bilan : presque 70 ouvrages édités cette année !

17 janvier 1947

Auriol élu hier et les 35 000 exemplaires de son livre ne s'écouleront pas : une loi interdit désormais de faire de la publicité pour un livre de chef d'État.

23 janvier 1947

Déjeuner avec Paulhan et Amrouche. Étrange sensation de me sentir de trop. Beaucoup, beaucoup de tracas.

24 janvier 1947

Interminable réunion à la coopérative du livre, hier. Je tente de tenir même si les comptes de la maison ne sont pas bons. Si nous voulons redresser la barre, il nous faut plus de place pour mieux organiser les activités.

30 janvier 1947

Je dois trouver urgemment d'autres locaux, nous sommes bien trop à l'étroit et nos affaires se développent à toute vitesse. Le seul moyen pour avoir beaucoup d'espace sans se ruiner est d'acheter un bordel. Ils sont tous à vendre, depuis la loi Marthe Richard qui a interdit il y a quelques mois le régime de la prostitution, et avec cela la fermeture des maisons closes. Et c'est ainsi que je cours les bordels à la recherche de la bonne affaire.

5 février 1947

Les libraires commandent les livres par télégramme et par kilos, mais on manque de papier et je ne trouve aucune solution pour m'en procurer davantage. Cruel. Les affaires ne résistent pas au succès. Il me faudrait moins de succès ou plus de papier, et surtout, plus de financement. Les ventes atteignent 100 000 exemplaires, certains titres bien davantage. *Le Mas Théotime* se vendra à 300 000 exemplaires, c'est sûr. Mais plus nous publions de bons livres et plus la situation financière de la maison se détériore. Je suis passé d'une petite maison artisanale à une entreprise submergée de commandes et… de dettes. Je n'en dors plus.

9 février 1947

Rendez-vous à la banque qui ne s'est pas bien passé. Malgré les prix, la publicité. J'avais face à moi quelqu'un qui ne comprend rien aux livres et qui ne m'aidera pas.

16 février 1947

Toujours autant de difficultés pour trouver du papier. J'ai été obligé de me fournir au marché noir à un prix astronomique. Je signe ce qu'on me met sous le nez. Sans pouvoir négocier les tarifs ni les délais de livraison. Suis-je condamné à courir toute ma vie derrière le papier ?

21 février 1947

Discussion compliquée avec Amrouche. Il se peut que je me trompe mais j'ai l'impression qu'il se méfie de moi.

25 février 1947

Chaque jour, chaque nuit, on m'informe de malveillances à mon encontre de la part de nos concurrents. Ils rêvent de nous réexpédier à Alger. Nos auteurs sont sollicités. Nos fournisseurs harcelés. Les libraires résistent comme ils peuvent. Je ne fais pas le poids. Les éditeurs parisiens ont de l'argent, du papier, des réseaux. Et nous ? Des écrivains – les meilleurs –, de la volonté, mais ça ne suffira pas. Le 2 bis, rue Charras, les bistrots algérois, les copains sont bien loin. Il nous faut repousser des projets, supplier les imprimeurs de décaler les échéances, prévenir que les paiements sont retardés. Je passe de nombreuses nuits à faire et défaire les comptes. Je suis découragé. Rien ne va.

28 février 1947

Ai croisé Gide vêtu d'un costume rouge sombre. Il m'a expliqué que c'est ainsi qu'il s'était fait payer ses droits d'auteur en URSS. Ses livres s'y vendent bien mais il n'a pas l'autorisation de sortir les roubles du pays et a été dédommagé avec une quantité astronomique de tissu dans lequel il s'est fait tailler un grand nombre de costumes. J'ai raconté l'histoire à Amrouche qui m'a semblé bien amer. Il trouve qu'il n'occupe aucune réelle place dans la vie de Gide, que ce dernier ne pense jamais à lui. J'ai tenté de lui expliquer que ce n'est pas cela, être éditeur.

8 avril 1947

La situation continue de se dégrader. Amrouche me dit qu'il faudra prendre des mesures d'ici cinq ou six semaines pour trouver des ressources. Quelles mesures, et surtout quelles ressources ? Nous ne pouvons pas payer nos auteurs (Grenier notamment pour ses articles dans *L'Arche*, et j'en ai bien honte).

12 avril 1947

Je viens de céder mon petit local à une dame du nom de Marie Marquet qui y vendra des opalines. Les éditions Charlot vont s'installer dans un ancien bordel au 18 de la rue Grégoire-de-Tours, célèbre pour avoir eu comme client le poète Apollinaire. Nous avons acheté tout l'immeuble dont le propriétaire a été, nous dit-on, assassiné (ce qui a fait baisser le prix). Un bordel. Un poète. Un assassin. Si avec tout cela, on ne remonte pas la pente !

3 mai 1947

J'ai cédé la librairie *Les Vraies Richesses* à mon frère Pierre car je ne parvenais plus à m'en occuper et j'ai besoin d'argent pour finir les travaux de mon « bordel ». Cela me coûte plus que ce qui était prévu. Petit serrement de cœur en repensant à ce long couloir que formait ma petite librairie au 2 bis de la rue Charras. Elle sera entre de bonnes mains avec Pierre et sa femme !

7 mai 1947

J'ai reçu des nouvelles de Roblès, retourné vivre en Algérie. Il crée sa revue sous le nom de *Forge*.

Longue vie à *Forge* !

12 septembre 1947

Des tas de dépenses que j'arrive à peine à honorer : invitations à déjeuner, catalogues coûteux mais ô combien nécessaires. Je ne trouve pas de solution et l'ambiance est morose malgré notre installation dans nos nouveaux locaux.

28 janvier 1948

Nous ne pouvons plus imprimer de livres, nous n'avons plus un sou. Je ne trouve pas de capitaux et aucune banque ne veut m'octroyer de prêts.

17 février 1948

Amrouche m'a montré la dernière lettre de Jules Roy. Il estime que nous n'avons pas fait assez d'effort pour lui, que son livre se vend seul sans publicité de notre part, et il doute d'être dans la bonne maison.

19 mars 1948
Amrouche cherche de l'argent : mécène, hommes d'affaires, banquiers… En vain !

30 mars 1948
Jules Roy nous attaque pour se libérer de tous les contrats passés avec les éditions Charlot au profit de Gallimard.

16 juin 1948
Camus me signifie qu'il se retire et réclame ses droits d'auteur. Je le comprends.

19 juin 1948
Amrouche demande une aide de 3 millions à la milliardaire Florence Gould qui lui a été présentée par Paulhan.

20 juin 1948
J'ai reçu la couverture du prochain roman d'Emmanuel Roblès, *Les Hauteurs de la ville*. Elle a été réalisée par El Mekki, un artiste tunisien. Il a imaginé un fond noir avec un titre vert et un éclairage en forme de triangle avec la ville en arrière-plan. Elle est sombre, belle. Parfait pour ce roman qui met en scène le personnage de Smaïl, héros solitaire. J'ai eu une idée un peu ambitieuse mais qui serait intéressante économiquement parlant : ajouter sur la jaquette des éléments nouveaux pour accompagner le texte. Il y aurait par exemple deux rabats sur lesquels nous ferions imprimer le résumé du roman pour pousser les lecteurs

à l'acheter, et aussi la biographie de Roblès. Ce serait tout à fait nouveau dans l'édition française.

5 août 1948
Charles Poncet m'informe que Guibert accepte de ramener à 26 000 francs la somme que nous lui devons, au lieu des 38 000 initiaux.

12 août 1948
Les actionnaires des éditions Charlot, mes amis donc, se sont réunis. Ils exigent mon départ de l'entreprise et me gardent uniquement comme conseiller littéraire. Charles Poncet et moi sommes obligés de nous retirer. Une affaire qui porte mon nom. Charlot sans Charlot. Comment est-ce possible ? Le passif de l'affaire est de 22 millions. J'en ai le tournis. Amrouche est chargé de la liquidation, du personnel va être licencié, l'annonce est dure. Je dois vendre tout ce que je possède, c'est-à-dire peu de choses, pour payer mes dettes. J'ai essayé de réconforter Dominique Aury et Madeleine Hidalgo qui semblaient bien tristes.

2 septembre 1948
Amrouche et Autrand reprennent la direction. La bande à Charlot, comme l'appelle Jules Roy, explose. Gallimard, Le Seuil et Julliard récupèrent la plupart de mes auteurs.
Retour à Alger, seul avec mes rêves de littérature et d'amitié méditerranéenne.

15 octobre 1948
J'avais envoyé à Amrouche, depuis Alger, un beau manuscrit de poèmes écrit par un Oranais. En retour,

lettre cassante où il me rappelle les problèmes des éditions Charlot, la situation compliquée, les nombreux contrats non exécutés. Il me demande de « refouler immédiatement, sans prendre la peine de transmettre, tout manuscrit proposé à Alger, fût-il un chef-d'œuvre. Cela évitera des pertes de temps et des frais de correspondance. » Amitié lointaine. Échec, échec…

On me dit que Florence Gould lui aurait donné 250 000 francs pour *L'Arche* et les lui réclame aujourd'hui. Lui soutient qu'il s'agissait d'un don et non d'un prêt. Il tente de convaincre Gallimard de récupérer *L'Arche*, sûrement en vain. Gaston Gallimard souhaite voir *La NRF* reparaître et Gide semble vouloir concilier tout le monde. Quant à Paulhan, je crois qu'il ne comprend pas la position d'Amrouche à l'égard de la France, qu'il voit dans sa révolte du ressentiment, et que cela ne lui inspire pas confiance.

29 novembre 1948

Envoi d'un télégramme à Roblès dans sa résidence de la Bouzaréah : *Prix Femina* Auteur [sic] de la ville. *Bravo. Amitiés. Rapplique d'urgence.* Malgré tout, je suis tellement heureux de ce prix.

10 janvier 1949

Ma prière d'insérer est intégrée à la maquette de Mekki pour les nouveaux tirages du roman de Roblès. Il y a donc bien le résumé du livre et la biographie de l'auteur. C'est nouveau et on en parle beaucoup dans l'édition.

8 mars 1949

Pierre gère merveilleusement bien *Les Vraies Richesses*, aidé par sa femme. Il faut que je me lance dans un nouveau projet. Le poète Sénac, qui est lui aussi de retour à Alger après plusieurs aventures en France, m'encourage en ce sens.

22 mai 1949

Nouvelle librairie au 18, rue Michelet sous l'enseigne « Rivages » avec mon oncle Albert. Déjà un millier d'idées pour faire vivre ce nouveau lieu. Sénac passe souvent me voir. Plein de fougue, en short et espadrilles. Projet de créer ensemble une galerie d'art au sous-sol de ma librairie.

1er décembre 1949

Les éditions Charlot sont mises en faillite par le Tribunal de Paris. Cruelle aventure parisienne. Échec d'une amitié collective.

Une page de ma vie vient d'être brutalement tournée.

5

Ryad s'apprête à fermer la porte de la librairie à clé, lorsque Moussa, le gérant de la pizzeria, passe le voir pour l'inviter à dîner.

– Ma femme a préparé un bon couscous et Abdallah nous a tellement parlé de toi que nous serions contents de te connaître.

Les deux hommes traversent la pizzeria, puis un long couloir où s'empilent des caisses de sodas, le matériel de nettoyage (détergents, balais, bouteille d'eau de Javel, serpillières blanches à rayures roses, bidon rempli d'eau) avant de déboucher sur un escalier et, en haut, une salle à manger. Moussa lui fait signe de s'asseoir.

– Ma femme et ma fille vont arriver. Abdallah fait sa prière, il ne va pas tarder.

La table est ronde, recouverte d'une belle nappe en tissu. Au centre, trône un grand plat rempli de semoule. Gêné, un peu gauche, Ryad prend la parole :

– Je voudrais vous remercier de m'avoir invité à dîner.

– Je suis content de te recevoir.

– Abdallah habite avec vous ?

– Oui, il dort au rez-de-chaussée. Tu sais, c'est un brave homme.

– Oui…

– Il t'a raconté son histoire ?

– Un peu.

– Ce n'est pas un homme qui se livre facilement. Tu sais, cette librairie a une grande histoire. Moi, j'ai toujours vécu dans ce quartier et il m'arrivait de discuter avec l'ancienne propriétaire, « madame Charlot », une petite femme râblée qui vendait et achetait des livres d'occasion. Aux quelques curieux qui se pressaient dans sa boutique, elle racontait comment Camus venait y corriger des manuscrits, les expositions, les écrivains. Je croyais avoir affaire à la femme, voire à la veuve de l'éditeur algérois. En vérité, c'était la veuve d'un frère de Charlot. La pauvre femme est partie en 1992 quand les choses ont commencé à devenir compliquées ici. Ça te semble loin tout ça, tu devais être tout petit. C'était une époque bizarre, tu sais. On ne comprenait pas vraiment ce qui se passait. Au journal télévisé algérien, on nous montrait des présidents qui se succédaient, des militaires qui gagnaient des victoires, des gens qui se serraient la main. Tu te rappelles ? La vie était de plus en plus difficile. C'était la pénurie. Ma femme avait arrêté de me demander d'acheter telle ou telle chose. J'allais au marché, je prenais ce que je trouvais et si je ne me faisais pas tuer, je revenais à la maison et elle était contente. Ah pour ça, le terrorisme, ça a calmé toutes les femmes. Nous pensions que la situation se résoudrait bientôt mais ça n'arrivait pas. Ces monstres débarquaient dans les villages et tuaient hommes, femmes et enfants. Le lendemain ou le jour d'après, nous découvrions l'horreur dans la presse, notre meilleur relais d'information. Imagine le courage des journalistes à cette époque. Ils ont tout subi : les assassinats, les bombes, les menaces, les enlèvements, l'exil, les reproches… mais chaque jour, ils étaient à leur poste de travail. Pour des gens comme nous qui n'avions pas d'autres moyens de comprendre ce qui se passait, c'était important. J'ai pensé quelquefois écrire à des journalistes dont j'admirais le travail mais je n'ai jamais osé et le temps a passé. Je parle trop.

– Non, non.

– Tu es poli. Tu sais, la fille d'Abdallah venait lui rendre visite pendant ses vacances scolaires. Le reste du temps, elle vivait en Kabylie, chez ses grands-parents. Les médecins avaient recommandé de l'éloigner de la ville après la mort de sa mère. C'était une petite fille très timide qui souriait rarement. Elle restait dans la mezzanine, s'asseyait par terre et lisait. Elle souriait. Charlot a laissé dans ce lieu quelque chose de beau, quelque chose de plus grand que tout ce qui se passait à l'extérieur.

Ryad ne bouge pas. Il sait qu'un homme ne pleure pas, pourtant, il voit bien dans les yeux de Moussa que des larmes sont là. Son hôte respire fort et reprend :

– Abdallah m'a dit un jour que les écrivains, ou du moins ce qu'ils sont capables d'imaginer, ont aidé sa fille à aller mieux.

La femme de Moussa arrive. Visage doux, yeux rieurs. Elle jette à Ryad un sourire moqueur. Il reconnaît la femme qui lui a balancé le seau d'eau sale sur la tête. Une fillette la suit. Elle a l'air de tomber du lit avec ses cheveux bouclés tout décoiffés. Ryad remarque qu'elle a la même tache de naissance que son père, en forme de continent africain. Elle porte un pyjama composé d'un pantalon et d'un pull sur lequel Mickey fait un clin d'œil. Abdallah lui emboîte le pas, la main droite occupée à triturer son chapelet, le visage fatigué. En plus du couscous, la maîtresse des lieux apporte une grande salade, de la *kesra*, un plat de viande et une assiette de pois chiches. *Bismillah*. Au milieu du repas, la fillette dit à son père qu'elle a terriblement envie de partir en vacances. Moussa se rembrunit :

– On habite à côté de la mer, on est sur notre lieu de vacances toute l'année.

Ryad sourit à l'enfant :

– J'ai des livres pour toi dans la librairie, si tu veux.

– Non, je n'aime pas lire. J'aime dessiner.

Abdallah lui fait les gros yeux. La petite ajoute alors :

– Mais dans ma classe, il y a un petit garçon qui adore lire. Il n'a pas de livres chez lui. Peut-être que tu pourrais les lui offrir ?

– D'accord, je vais essayer d'en apporter à ton école.

– Tu sais où elle est ?

Abdallah intervient :

– Après le dîner, nous irons faire un tour et je lui montrerai.

Ryad suit le vieux libraire qui l'entraîne dans des ruelles sombres. Ils s'arrêtent devant un bâtiment dépourvu d'enseigne. Un homme entrouvre la porte, l'air méfiant. À la vue d'Abdallah, son visage s'éclaire. Il les invite à entrer. Ils traversent une petite cour et pénètrent dans un immeuble à la façade lézardée. Au sous-sol, les murs sont gris foncé, comme s'ils avaient été brûlés. Ils passent devant des poubelles qui débordent, des chats squelettiques qui feulent, plusieurs exemplaires de livres d'histoire à la couverture déchirée, un écran de télévision cassé et une chaise sans pieds avant de pénétrer dans une immense cave enfumée. Il est difficile d'évaluer le nombre de clients qui sont là tant la fumée est dense et les lumières tamisées. Une femme très maquillée parle au téléphone devant la porte :

– Je t'aime. Mais si je t'aime. Arrête, je t'aime.

Ryad se penche vers Abdallah et lui demande :

– Où sommes-nous ?

– Chez Saïd.

– Chez Saïd ?

– Oui, certaines nuits, il ouvre ici.

– Mais… C'est quoi ? Un tripot ? Un bar ?

– Non, non, juste un lieu où fumer et discuter. Saïd n'a pas de licence pour ouvrir jusqu'au matin et puis tout est devenu compliqué ici. Il faut mille autorisations pour simplement se réunir. C'est l'ère de la bureaucratie et du soupçon, alors, il fait ça en cachette et il n'y a que des habitués. Va te balader, mêle-toi aux jeunes de ton âge, j'aperçois des avocats, je vais aller les embêter avec mes questions.

Ryad hésite, n'ose pas approcher des tables et finit par s'installer tout seul à côté d'un groupe de femmes d'une trentaine d'années. Elles sont accompagnées d'un homme bien plus vieux qu'elles, blond affublé de petites lunettes de soleil. Face aux filles, une vingtaine de livres sont posés sur la table. À tour de rôle, elles mettent un livre dans la main de l'homme et il dit quelque chose qui déclenche leurs rires et leurs applaudissements. L'une d'elles, remarquant le regard interrogateur de Ryad, l'apostrophe :

– Tu te demandes pourquoi nous sommes si excitées par ce que fait Youcef, je parie ?

– Oui…

– Youcef est aveugle mais il est capable de reconnaître n'importe quel livre rien qu'au toucher de la couverture et de réciter de tête un passage. Tu veux essayer de le coller ?

– D'accord.

Ryad glisse l'un des livres, *Le Mas Théotime*, Henri Bosco, dans la main de Youcef. La couverture du livre est blanche, belle, classique, les lettres NRF se détachent en rouge. Youcef caresse le livre, le retourne dans tous les sens, le hume et murmure :

– *En août, dans nos pays, un peu avant le soir, une puissante chaleur embrase les champs. Il n'y a rien de mieux à faire que de rester chez soi, au fond de la pénombre, en attendant l'heure du dîner.*

Les filles applaudissent une nouvelle fois. Ryad s'avoue vaincu. Il cherche Abdallah mais ne le trouve pas et finit par rentrer seul. Les rues sont à peine éclairées par quelques lampadaires et la faible lueur de la lune.

Alger, la nuit.

Algérie, 1954

Le 10 octobre, dans une maison du très populaire quartier de Bab-El-Oued, se réunissent six hommes. Quelques mois auparavant, la révolution armée a été votée dans le plus grand secret. La nuit du 31 octobre au 1er novembre a été choisie pour marquer le déclenchement de l'insurrection.

Dimanche 24 octobre, les six corrigent le tract qui sera envoyé aux journaux étrangers depuis Le Caire. Leurs moyens sont faibles : seulement un millier d'hommes dispersés sur tout le territoire et peu entraînés au combat. Pas d'argent. Quelques centaines d'armes. Et surtout un peuple à convaincre par tous les moyens. La réunion terminée, ils descendent la rue vers la caserne Pelissier, non loin du cinéma Majestic, et entrent chez un photographe. Dans le studio, ils s'apprêtent pour la circonstance : tentent de discipliner les cheveux frisés, vérifient les cravates.

Il n'y a que deux tabourets. On réfléchit, le photographe donne son avis, finalement Krim Belkacem et Larbi Ben M'hidi s'assoient devant Rabah Bitat, Mostefa Ben Boulaid, Didouche Mourad et Mohamed Boudiaf. « Attention, on ne bouge plus. » Clac. Ils ignorent que cette photo fera le tour du monde, qu'un demi-siècle plus tard elle continuera d'être montrée aux enfants dans les écoles.

Au même moment, Jean Vaujour, le directeur de la Sûreté, peste contre sa hiérarchie qui refuse de prendre au sérieux les multiples alertes qu'il adresse. L'homme est tendu. Il se passe quelque chose. Mais en métropole, on pense que les massacres de 45 ont tué toute idée de révolte au sein de la population indigène. L'armée d'Hô Chi Minh a infligé au corps français une terrible défaite à Diên Biên Phu. Plus que jamais, la France a besoin de calme dans sa colonie algérienne.

À 1 h 15 du matin, à travers toute l'Algérie, des attentats visent des bâtiments officiels. On compte une dizaine de morts dont quatre militaires. Une proclamation politique est envoyée aux journaux de plusieurs capitales, réclamant le départ de la France. Au matin du 1er novembre, il fait un froid glacial. À peine réveillés, nous découvrons à la radio les événements de la nuit précédente. Le blanc du ciel, le blanc de la lumière, le blanc des visages : en une nuit, l'Algérie se vide de ses couleurs. Il n'est pas possible de décrire autrement notre pays. Même le soleil est blanc.

Et soudain, tout bascule.

Nous devenons des fanatiques, des ingrats, des enfants manipulés. Nos attentats sont lâches, nos crimes odieux et nous sommes indignes de la France. De jeunes hommes, à moitié nus, sont tirés de leur lit et embarqués dans des cars de police. On ne traîne plus. Le couvre-feu est là. Nous sommes tous menacés et surveillés. Des bagarres éclatent, à coups de poing ou de tête. Dans les cafés, nous ne jouons plus aux cartes le soir. Les marchands de beignets baissent la tête lorsque les militaires passent devant eux. Les ultras d'Algérie tractent à tout va. Partout des menaces et des grèves. C'est le temps des regards de haine et de peur, de frustration et de colère. Un mélange épais qui nous enveloppe, nous submerge.

Plus jamais, nous ne dormirons en paix.

Carnet d'Edmond Charlot
Alger, 1959-1960

8 octobre 1959

Ambiance tendue à Alger. Jules Roy, qui s'est prononcé pour l'indépendance de l'Algérie, voit sa tête mise à prix par les ultras. À New York, le FLN a désormais une délégation et il y a quelque chose d'assez bouleversant à voir ces jeunes Algériens se battre depuis trois ans pour imposer la question algérienne à l'ONU. La grève générale des commerçants indigènes, il y a deux ans, a été cassée par l'armée qui les a forcés à rouvrir leurs boutiques. Cet événement a marqué les esprits tout comme le détournement d'un avion du roi du Maroc qui transportait cinq dirigeants du FLN. Les témoignages sur les terribles actes de torture commis par l'armée se multiplient. Partout dans le monde, des voix s'élèvent pour demander à la France de cesser cette épouvantable guerre car il s'agit bien d'une guerre que l'on masque sous le nom d'« événements ».

12 octobre 1959

Dîner avec Mouloud Feraoun à qui j'ai reproché de ne pas m'avoir envoyé son roman *Le Fils du pauvre*. Il a souri et m'a raconté de sa voix douce qu'en 1945, il m'en avait adressé une copie.

Le 6 avril, il s'en souvient encore, il reçoit une lettre à l'en-tête des éditions Charlot. Il la décachette fébrilement mais ce n'est qu'un simple accusé de réception. Il patiente comme on le lui demande, n'ose pas en parler, n'ose pas rêver être publié un jour, lui, le petit Kabyle qui a appris à lire presque par miracle. Il finit enfin par recevoir en août, le 6 encore, une nouvelle lettre estampillée « éditions Charlot ». Il me la montre. Une lettre, oh, si froide, si impersonnelle, qui dit non, qui parle d'un comité de lecture qui n'aurait pas retenu son roman. Cette réponse est une injure à son texte plein de douceur, généreux, un vibrant hommage à l'enfance. Jean Amrouche ne m'en avait jamais parlé. Erreur ? Jalousie ? Je suis atterré. Mouloud a donc publié *Le Fils du pauvre* à compte d'auteur avant de rejoindre les éditions du Seuil, introduit par Roblès. Il m'a raconté que son roman faisait partie de la sélection du Grand prix algérien de littérature mais que le jury, par ailleurs très élogieux, n'avait pas pu se résoudre à l'accorder à un indigène. On lui a proposé une prime d'encouragement de quelques milliers de francs qu'il n'a jamais reçue.

14 octobre 1959
Je ne me remets pas de cette histoire Amrouche-Feraoun. Saurai-je un jour ce qui s'est réellement passé ?

4 janvier 1960
Camus !

5 janvier 1960
J'assistais à la remise d'un prix de peinture lorsqu'on m'a téléphoné. Je ne sais pas qui était au bout

du fil… la personne pleurait, répétait « il est mort ». Il m'a fallu au moins cinq minutes pour comprendre de qui elle parlait.

19 janvier 1960

Décès de ma grand-mère maternelle, dernier vrai lien avec ma mère. Morte à Birmandreis à l'âge de 96 ans. Triste mois de janvier.

9 avril 1960

Ici, c'est la terreur. On nous conseille de ne pas sortir mais il faut bien aller travailler. Ceux qui rédigent ces recommandations dans les journaux, comment croient-ils que nous gagnons notre vie ?

11 avril 1960

Discussion vive hier dans un café. Discussion de comptoir où tout le monde se parle sans se connaître. J'ai dit : « Je trouve scandaleux et monstrueux que l'on puisse assassiner des civils, mettre des bombes sous les réverbères, tuer des femmes de ménage et des facteurs sous prétexte qu'ils sont arabes. » Les copains me conseillent de faire attention, mais attention à quoi et à qui ?

17 avril 1960

Je vois de plus en plus de jeunes gens qui passent à la librairie ici, mais aussi au 2 bis, et qui n'ont pas les moyens d'acheter des livres. Chaque fois que je le peux, je leur glisse un livre que j'aime et je leur dis : « Prenez, vous paierez un autre jour. » Et ils reviennent quelques semaines ou quelques mois plus tard avec de l'argent pour me rembourser.

7 juin 1960

Hier, un jeune homme d'une vingtaine d'années m'a apporté un manuscrit. Il osait à peine me regarder dans les yeux. Il a écrit un très beau texte sur les gens d'ici.

Idée de revue discutée avec Roblès qui accepte de participer. Financement trouvé pour au moins 6 numéros ! Démarrage en octobre avec tous les amis. Premier numéro en janvier 1961 en hommage à Camus. Roblès suggère une liste d'écrivains du Seuil qui pourraient y participer.

9 septembre 1960

Encore des attentats. Menaces des ultras. Salauds.

11 septembre 1960

Il faut être fou pour lancer une revue aujourd'hui et ici. Mais si nous ne le faisons pas maintenant, ce sera trop tard.

24 septembre 1960

On m'a montré un tract qui avait été distribué aux jeunes appelés d'Algérie. Le problème, c'est qu'il y aura toujours du papier pour imprimer des bêtises.

Lorsque nos premiers soldats y ont débarqué, en 1830, ils n'ont pas trouvé un État, un souverain, un gouvernement, un peuple, mais des tribus sans frontières définies, sans cesse en guerre les unes contre les autres. Le pays était en pleine anarchie. Les nomades pillaient les villages. Les villes rançonnaient les campagnes. Une seule loi : celle du plus fort.

[...] Et puis, il y a l'avenir, ton avenir. Les gisements de pétrole enfouis sous les sables du Sud algérien sont évalués à 60 millions de tonnes par an

– quatre fois la consommation française – il y a aussi, aux confins sahariens de l'Algérie, le fer, le cuivre, le manganèse, et le plus grand gisement de phosphate du monde.

6 octobre 1960

Mes clients me demandent depuis des mois ce que je fais ici, où je compte aller, où j'irai demain. Je reste ici, c'est chez moi, et puis, que ferais-je ailleurs ?

9 octobre 1960

Les banques sont affolées devant l'abondance des transferts pour la métropole. Je ne peux rien imprimer. Le projet de revue est suspendu.

17 octobre 1960

J'apprends que certains signataires du manifeste des 121 sont censurés ou exclus de toute aide étatique. Vercors a refusé la légion d'honneur pour protester contre la torture en Algérie. Des familles entières se déchirent sur l'avenir de ce pays.

6

Le premier matin avec Claire. La chambre était glacée. Lorsqu'elle avait soulevé la couette, Ryad avait vu ses ongles peints en bleu azur. Il l'avait regardée écrire des mots, des phrases, dans un carnet à la couverture en cuir rouge, et avait espéré secrètement qu'elle écrive sur lui. «Ce sont des choses pour moi, des histoires du passé» avait-elle dit en souriant.

Claire est belle. C'est une jeune femme mince, aux yeux bleus et froids. Le problème avec la couleur bleue, c'est qu'elle vous accroche. On s'y noie. On s'y perd.

Elle marmonne souvent dans son sommeil mais elle dit que ce n'est rien, un mauvais rêve, des nuages qui passaient par erreur. Elle compte les moutons et se rendort en souriant. Dans la rue, elle marche vite, se retourne parfois, a toujours l'impression d'être suivie. Il lui arrive de rentrer en courant chez elle car on la regarde avec insistance. Elle rit de sa propre peur, fait l'intéressante. Un jour, Ryad la trouve couchée en chien de fusil sur le canapé. Il lui prend la main. Elle est chaude, douce, un peu sèche. Claire se redresse. «Je suis bien ici, dans cet appartement tout neuf mais qui sent déjà le vieux. Je suis bien avec toi dans cette histoire toute fragile.»

Ryad s'impatiente. Il veut finir ce pseudo-stage au plus vite et rentrer à Paris, pour rejoindre Claire. Déjà, il s'imagine arriver, la trouver endormie dans le grand lit, se glisser contre elle. Elle grognera, l'encerclera avec son bras, l'embrassera dans le cou.

À travers la grande vitrine des *Vraies Richesses*, il voit les nuages qui défilent dans les flaques. Cette ville est sinistre sous la pluie. Seuls quelques moineaux brisent la quiétude du matin. Il n'est jamais simple d'être heureux à Alger, même débarrasser une librairie et filer se transforme en épopée !

Il se remet au travail. Sur l'un des livres, *Rondeur des jours*, il peut lire une dédicace : *À Edmond Charlot, amicalement, pour le remercier d'avoir pris soin de* Rondeur des Jours. *Jean Giono. Août 37.* Il glisse le volume dans sa valise. Un cadeau pour Claire. Derrière les étagères, il trouve deux photos en noir et blanc tombées là. L'une représente un groupe d'hommes. Au dos, à l'encre noire, et d'une écriture presque illisible, est écrit : *Amrouche, Fouchet, Roblès, Charlot*. L'autre cliché représente une femme appuyée au tronc d'un arbre, la tête couverte par un grand chapeau. Au dos, cette simple mention : *Manon Charlot*. Il les range également dans sa valise. Il met à la poubelle une centaine de fiches d'abonnement à petits carreaux soigneusement remplies d'une écriture enfantine, celle d'Abdallah pense-t-il.

Le soir tombe lorsqu'on toque à la porte. La fille du voisin, toujours vêtue de son pyjama Mickey, lui fait un signe de la main. Quand Ryad lui ouvre, elle tend une assiette :

– C'est maman. Elle a dit de t'apporter à manger parce que tu n'as rien, que tu vas finir par mourir et qu'il faut avoir pitié de toi.

– Ah, eh bien remercie ta mère pour moi.

– Ce sont des boulettes de bœuf à la tomate.

Ryad dévore en regardant les titres des livres à ses pieds. Il rince l'assiette dans le cabinet de toilettes et monte s'allonger sur le matelas, tout habillé. Il entend le grondement d'un avion qui passe au-dessus des toits. Il imagine la grande carcasse blanche et ses passagers, l'obscurité dans la carlingue, la traînée invisible dans la nuit. Il repense à la Provence avec Claire et à la bande de copains. Il se rappelle le ciel rempli d'étoiles et Claire, les cheveux en bataille, le bout du nez toujours rouge, sa main douce, les éclats de rire, la pluie d'un coup qui tombe sur la plage, inattendue, le poisson grillé, le poisson bouilli, le poisson frit. En pensée, il longe la plage de sable, évite les grosses pierres noires, emprunte un petit chemin. Il y avait des fleurs qui grimpaient sur le mur de la maison.

Il n'entend plus l'avion.

C'est presque fini. Ryad a démonté les étagères. Seules les traces de poussière indiquent que des livres ont été rangés là durant des années.

Abdallah n'est pas sur le trottoir. Devant le pas de la porte, la femme à la tête de cheval s'asperge les aisselles avec un parfum de contrefaçon. Ryad l'observe avec dégoût. Elle s'en rend compte et crie :

– Qu'est-ce que tu fous ? Qu'est-ce que tu veux ?

Ryad ne répond pas.

– Pssssscchhhh ! Je vais t'aveugler, tu vas voir, petit vicieux. Oui, c'est ça, dégage. Si tu racontes quoi que ce soit à quelqu'un, je le dirai à mon cousin le militaire, il te fera déporter dans le désert et tu seras bouffé par un chacal, espèce de voyou !

Ryad file dans les ruelles. Pour la première fois depuis son arrivée, il trouve qu'il y a de la douceur dans ce quartier d'Alger. Il passe devant des magasins vides, une école primaire fermée, une annexe de la mairie sur laquelle une feuille collée indique les heures d'ouverture et la nécessité de se munir de sa carte d'identité pour toute demande. Une voiture grise, une Renault, avec deux hommes à bord, roule à sa hauteur. Ryad jette un coup d'œil aux passagers. Ils ont des moustaches, des lunettes de soleil et sont vêtus de costumes gris. Ryad tourne à droite, la voiture fait de même. Agacé, il entre dans un grand magasin de bric-à-brac. Il se fait bousculer par une mère qui pousse devant elle ses enfants et ses paquets.

Il interpelle le vendeur et lui demande de la peinture bleue.

– Bleu comment ?

– Bleu azur.

– Je n'en ai pas.

– Alors bleu marine.

– Non plus.

– Bleu ciel ?

– Ah, ça non.

– Bleu pervenche.

– Non, on ne fait pas ça.

– Vous avez de la peinture ? N'importe quelle couleur ?

– Non. Tu sais petit, il y a un problème d'acheminement et d'approvisionnement de peinture depuis pas mal de temps…

– Et le gros seau derrière vous sur lequel est écrit PEINTURE ?

– Ah ça ? Non, c'est rien, c'est un élément de décoration.

– D'accord, d'accord, laissez tomber. Et les caisses bleues à roulettes, derrière vous, elles sont à vendre ?

– Ah ça oui, tu peux les prendre.

Ryad revient vers la librairie en bougonnant. La femme à la tête de cheval n'est plus là mais la voiture grise de tout à l'heure, la Renault, est désormais stationnée à sa place. À l'intérieur, les hommes lisent le journal, moteur éteint. Ryad remplit le seau d'eau dans laquelle il verse de la Javel, s'arme d'un chiffon, recouvre le sol de feuilles de journaux et de papiers. Ça crisse sous ses pieds. Il commence à lessiver les murs de la librairie qui prend vite une apparence plus propre. La voiture est toujours garée sur le trottoir, indifférente à d'éventuelles amendes. Quand le soleil se couche, il se décide enfin à lâcher son éponge. Il a chaud à force de s'activer ainsi. Il est en nage mais il sait que dehors la température a baissé. L'odeur du renfermé a laissé place à celle de la Javel. Il regarde autour de lui et dresse mentalement la liste de ce qui reste à faire :

Se débarrasser des livres.

Jeter les meubles.

Jeter le matelas.

Jeter le bureau et sa chaise.

Jeter le frigo.

Prendre ses affaires et rentrer à Paris pour retrouver Claire en espérant qu'elle continue de se vernir les ongles en bleu.

Embrasser Claire.

Faire rire Claire.

Il allume les lumières. Il y a longtemps, au même endroit, se sont tenus des écrivains, des poètes, des peintres, pense-t-il. *Ça suffit, toutes ces histoires me donnent la migraine.*

Il prend les livres pêle-mêle et les place dans les caisses bleues à roulettes. Il les pousse dehors et dépose une feuille où il écrit : GRATUIT, SERVEZ-VOUS, PRENEZ TOUT !!!

Depuis le véhicule gris, les deux types observent Ryad. L'un d'eux, cigarette au bec, sort son téléphone de sa poche et compose un numéro. Ryad se rend au café *Chez Saïd*. Le ciel noir forme comme un toit immense au-dessus de sa tête et la distance qui le sépare du café lui paraît plus longue que d'habitude. Il se sent las, usé et fiévreux. *Il faut en terminer.*

Abdallah boit un café en lisant le journal. Ryad s'assoit en face de lui sans rien dire. Le soir, la clientèle est plus anonyme, plus agitée aussi. Soudain, un grondement monte des profondeurs de la terre : un ouvrier perce la route avec un marteau-piqueur alors que deux autres fixent le trou. Au bout de quelques minutes, l'ouvrier s'interrompt. Les travailleurs posent leurs outils et s'installent au café. Dans la rue, des hommes à barbe, des groupes de jeunes, des enfants, des animaux, un tout petit monsieur qui trimballe un immense écran plat, une foule d'anonymes qui rentrent chez eux. Un groupe d'adolescents court en agitant de grands drapeaux algériens, le visage maquillé en vert, blanc et rouge. Ryad les regarde passer en souriant. Ils hurlent, dansent, chantent. Des voitures klaxonnent. Les réverbères s'allument et diffusent une lumière verdâtre. Certains n'éclairent plus, les ampoules sont cassées. Ryad finit par briser le silence :

– Des nouvelles intéressantes ?
– Un accident grave dans une usine. Trois morts.
– Qu'est-ce qui s'est passé ?
– On ne sait pas encore.

– Il va y avoir une enquête ?

– Oh oui, sûrement. Tu sais, quand j'avais huit ou neuf ans, il y a eu un terrible accident dans une ferme coloniale. Un Algérien, on disait un indigène à l'époque, avait été écrasé par un chariot défaillant. Nourredine avait trois enfants. Son chariot a basculé et il a fait une terrible chute. Une des roues lui est passée sur le corps. À l'époque, on n'a pas eu le droit à une enquête. On nous a dit que c'était comme ça, que personne n'était coupable et on a enterré le pauvre homme.

– Pourquoi vous vous souvenez de ça ?

– C'était mon premier enterrement ! J'ai honte de le dire mais en fait j'étais très excité par ce qui se passait. Ces hommes me semblaient immenses, des géants. Ils avaient des gestes sûrs : ils soulevaient le corps enveloppé dans un linceul blanc sans trembler. Tout le monde avait l'air triste mais moi, je ne pouvais pas m'empêcher de penser aux géants. J'adorais les histoires de géants. Ma mère imaginait pour moi des tas de contes. Elle m'avait raconté que la terre, à l'origine, était peuplée de géants mais que Dieu nous avait fait rétrécir à cause de nos méchancetés. Je savais qu'il me fallait être triste, faire des prières pour Nourredine, pourtant je n'y arrivais pas. Il y avait eu la veillée du corps avec ses cris, les vagissements des nouveau-nés, les rires aussi des femmes qui se souvenaient d'anecdotes sur le défunt et les pleurs. Ces bruits ont bercé ma nuit. Les hommes étaient rassemblés dehors, remplis de colère. Ils fumaient du mauvais tabac, trépignaient, sautaient pour se réchauffer tant l'hiver était rude, essuyaient quelques larmes. Mon père m'a laissé l'accompagner au cimetière malgré les protestations de ma mère qui estimait que j'étais trop petit mais je voulais être avec les hommes et puis, je me sentais tellement bien, ma main dans celle de mon père.

– Et pourquoi est-ce que vous portez un drap sur vos épaules ?

– C'est mon linceul.

– Votre quoi ?

– Mon linceul. C'est le drap dans lequel on m'enterrera.

– C'est horrible, pourquoi est-ce que vous le trimballez comme ça sur vous tout le temps ?

– Pour ne gêner personne. Le jour où Dieu me rappellera, on pourra m'enterrer tout de suite et je ne dérangerai pas mes amis.

– Mais…

– Tu comprendras quand tu auras mon âge et que tu seras seul.

Le serveur leur ressert du café et leur demande :

– Vous restez voir le match ?

– Quel match ? demande Ryad.

– Comment ça, quel match ? Le match d'aujourd'hui.

– C'est contre qui ?

– La France ! Match amical, ça va barder… Toute l'Algérie sera devant la télévision dans cinq minutes pour encourager l'équipe nationale.

– Mais on va perdre, non ?

– Tais-toi ! Tu vas nous porter la poisse.

Les ouvriers jettent un regard noir à Ryad. Le serveur reprend :

– Ça va commencer !

Il éteint les lumières. Des jeunes tapent sur la table en hurlant d'excitation. Des étudiants commandent des bières qu'ils avalent d'un trait. Abdallah se lève, Ryad sur ses talons. Ils s'installent au comptoir, « c'est la meilleure place pour regarder un match ». Les habitués, une poignée d'ivrognes silencieux et à la mine patibulaire, ne quittent pas l'écran des yeux. Lorsque l'équipe française pénètre sur le terrain, elle se fait huer par certains consommateurs. D'autres répondent : « Chut, taisez-vous, respectez-les, vous êtes des idiots. » Un vieil homme qui semble ivre interpelle les jeunes maquillés en rouge, vert et blanc :

– On dirait des guignols.

– Ah le vieux, arrête, tu ne vas pas recommencer.

– Vous regardez le foot comme des tapettes… pfffff.

– Arrête, fiche-nous la paix !

– Moi, à mon époque, j'étais digne. Et c'est quoi, ces coupes de cheveux que vous vous trimballez ?

– Ta gueule, le vieux !

– Un grand, c'était un grand joueur. On ne vous apprend plus rien, bande d'abrutis ! le 14 avril 1958, j'avais quoi, quatorze ans. C'était un mois avant la Coupe du monde.

– On s'en fout !

– Deux hommes entrent dans la chambre d'hôpital de Rachid Mekhloufi, l'attaquant vedette à Saint-Étienne, champion de France l'année précédente. Il a vingt et un ans… vous avez quel âge, vous ? Il a été blessé lors du match de la veille, contre Béziers, et il se repose tranquillement. Les deux hommes sont Mokhtar Arribi, entraîneur à Avignon, vous connaissez Avignon ? Vous ne connaissez pas ? Vous ne connaissez rien, bande d'incultes, et l'autre est Abdelhamid Kermali, qui fait partie de l'Olympique lyonnais. Les trois hommes sont originaires de Sétif. Depuis les massacres de mai 45, y a beaucoup de choses qui s'agitent dans leur tête. Ils proposent à Rachid de les rejoindre pour fonder avec eux l'équipe nationale algérienne de football. Il faudra qu'il quitte clandestinement la France, qu'il abandonne tout : ses amis, ses espoirs de participer à la Coupe du monde. Tout ça pour faire partie d'une équipe qui n'existe pas dans un pays qui n'existe pas vraiment. Rachid accepte tout de suite. Les deux autres sont bien contents. Ils ont reçu l'ordre de lui donner de l'argent si nécessaire mais Rachid ne demande rien. Lui qui est également soldat pour la France accepte de devenir déserteur et d'abandonner l'idée d'être champion du monde. Il n'a que vingt et un ans, je vous l'ai dit ? Oui, d'accord.

– Mais tu vas la fermer, oui ?

– Ils sont une dizaine au total à faire la même chose : ils passent la frontière suisse ou italienne pour rejoindre la Tunisie. Ils ont pris d'énormes risques.

– Et merde, but pour la France !!!!

– Dans tous les journaux, c'était écrit : « Neuf Français musulmans d'Algérie s'éclipsent de leurs clubs respectifs », « L'équipe du FLN » ou « L'équipe de l'Algérie combattante ». C'était fou. Le secret avait été absolu, personne ne savait. Il parait que même le FLN ne savait pas ! Toutes les stations de radio du monde en ont parlé pendant trois jours. Les Français, ça les rendait malades. Le monde entier entendait parler de nous. Est-ce que c'est déjà arrivé, un truc pareil ? C'est sur un terrain vague que l'équipe algérienne est créée. Elle va parcourir le monde. Ils ont eu soixante-cinq victoires. La France a demandé à la FIFA de les empêcher de jouer mais des tas de pays s'en foutaient. Ils adoraient l'histoire et puis ces mecs étaient touchants. Ils ont fait gagner dix ans à la cause algérienne. Ce n'est pas moi qui le dis, c'est Ferhat Abbas, vous savez qui est Ferhat Abbas, le pharmacien de Sétif ? On ne vous apprend vraiment rien à l'école !

– Le vieux, écoute, on n'en a rien à foutre. Bois tes bières et regarde le match.

– Tu vois, ces petits, ils ont tout sacrifié pour un truc qui aurait pu ne pas marcher. Ils auraient pu, pour certains, finir fusillés. À l'époque, une partie de la France les appelait des traîtres. Au lieu de les insulter, les Français, ils auraient dû réfléchir, se demander pourquoi des jeunes qui avaient un si bel avenir devant eux avaient tout abandonné pour une cause qui semblait si peu légitime à la France.

Deux jeunes un peu ivres s'approchent d'Abdallah et touchent son linceul :

– Oh, c'est doux, je peux le caresser…

Abdallah les repousse. Une serveuse surgit pour entraîner les deux effrontés vers la sortie. Ses yeux sont pleins de colère. Elle revient et arrange le drap, le lisse, et embrasse Abdallah sur le front. Il la remercie d'un sourire. Elle se tourne vers Ryad :

– Salut, tu te souviens de moi ? Je suis Sarah. On s'est vus l'autre nuit, chez Saïd, avec mes copines.

– Ah oui, et l'aveugle…

– Youcef.

– Youcef ?

– Youcef, pas *l'aveugle*, crétin, appelle-le par son prénom.

– Oui, bien sûr. D'ailleurs, j'y pense, j'ai des tas de livres à donner, est-ce que tu veux passer en prendre ?

– Je viendrai demain. J'en choisirai un ou deux, ça amusera Youcef.

Elle s'assoit à côté de Ryad pour suivre le match. Leurs cuisses sont collées l'une contre l'autre. Il sent la chaleur de la jeune femme, le parfum de ses cheveux, de sa peau. Il essaie de ne pas regarder ses longs cheveux bruns qui tirent vers le roux. Elle porte un pantalon noir moulant et une chemise tendue sur sa poitrine.

C'est la mi-temps. On entend des klaxons, les voitures ont déjà pris les rues d'assaut. De temps en temps une voix humaine retentit depuis les balcons supérieurs des immeubles. Ryad profite de la mi-temps pour s'éclipser. Il remarque que la voiture grise est toujours là avec ses occupants. Quelqu'un a pris les caisses bleues mais a jeté les livres par terre. Ils baignent dans les flaques d'eau, abîmés à jamais. Le petit malin qui a fait ça a même rajouté un *MERCI* sur la feuille laissée par Ryad. Elle est maintenant scotchée sur la façade des *Vraies Richesses*.

Paris, 1961

La pluie tombe. Le ciel est gris. Le vent souffle fort près de la Seine. Il y a des chapeaux d'enfants, des jeunes filles bien habillées, des sacs en cuir, des vêtements reprisés mais propres. En famille ou entre amis. En riant ou la mine grave. Ensemble, nous marchons pour protester contre le couvre-feu arbitraire imposé aux Algériens de France.

Ces Arabes. Ces melons. Ces crouilles. Ces rats. Ces ratons. Ces merdes. Ces raclures. Les tabasser. Les massacrer. Les réduire à néant. S'en servir comme projectiles. Utiliser des bâtons. Utiliser nos armes de policier. Utiliser les briques. En tuer le plus possible. En tuer des dizaines. Massacrer ces gens qui n'ont rien à faire à Paris, devant la Seine, devant nos monuments, devant nos arbres, devant nos femmes. Les massacrer. Les tabasser. Les jeter dans l'eau. Voir les corps des Algériens s'enfoncer dans les eaux boueuses. Corps bruns, lointains. Qu'ils disparaissent. Vite. Charges violentes. Ratonnades à Paris. Paris ! Paris tue avec l'aide de la police de Papon. Sauvage. Poursuite dans les rues de Paris. Ne pas s'embarrasser : les jeter par-dessus bord, dans la Seine. Corps brisés. Coups de crosse et de matraque. Corps pendus dans le bois de

Vincennes. Seine remplie de cadavres. Haine libérée. Bruit. Chaos. Bâtons des policiers sur des corps tendus, sur des crânes en sang, sur des gens désarmés. Silence des Parisiens. Charge de nouveau. Gens à terre. Sang partout. Bruit des ambulances. Coups encore et corps dans la Seine. Rafle en 1961. Désinfecter la France de ses Arabes. Purifier les avenues. Massacrer des assassins. Répression. Tragique. Paris tue depuis le matin. Aux policiers, CRS et gendarmes mobiles, on ajoute les FPA, les Forces de police auxiliaires, brigades composées de harkis. Aucune tolérance. Premières arrestations avant même les manifestations. Insultes, coups, brimades. Cigarettes avalées entièrement de force. Eau mélangée à de la Javel. Rafles brutales. Sang sur le visage arabe. Jambes brisées. On cogne, on lâche les chiens. On aligne les basanés contre les murs. On les embarque dans des cars de police. On agrippe les cheveux frisés en pleine rue. Chasse au faciès. On jette des pierres. On noie. Tout au long du mois, on repêchera des corps. Ça ne s'arrêtera pas pendant des jours. Des cadavres dans la Seine. Mains liées derrière le dos. Corps étranglés par leur propre ceinture. Des corps ficelés et précipités dans l'eau. On informera des familles en Algérie qui ne comprendront pas ce qui s'est passé. On enterrera comme on peut. Paris !

Bars fouillés. Matraquages. Balles de revolver dans la tête. Inhumations de corps dans des fosses communes. Balles dans le ventre. Corps à terre recroquevillés pour se protéger. Barres de fer et cannes plombées. Paris ! Interpellations systématiques. Face contre le mur. Visages blafards. Flaques de sang. Mains tremblantes. Yeux effarés. Bruit des matraques, des crosses, des coups de pied. Arabes assommés et jetés. Fusillés. Des centaines d'hommes. En files interminables. Mains levées. On les arrête. On les frappe.

La nuit est tombée. Des fenêtres s'ouvrent. La tête pleine de colère, le corps épuisé, nous poussons des youyous déchirants. Ultime salut à nos morts.

Le 17 octobre au milieu de la nuit, Claude Bourdet et Gilles Martinet, fondateurs de *L'Observateur*, reçoivent la visite de policiers qui souhaitent publier un tract anonyme. Il paraîtra le 31 octobre sur quatre pages, signé seulement par «un groupe de policiers républicains» qui affirment: *Ce qui s'est passé le 17 octobre 1961 et les jours suivants contre les manifestants pacifiques, sur lesquels aucune arme n'a été trouvée, nous fait un devoir d'apporter notre témoignage et d'alerter l'opinion publique. [...] Tous les Algériens pris dans cet immense piège étaient assommés et précipités systématiquement dans la Seine.*

Lorsque bien des années plus tard, nos grands-parents nous verront quitter le pays pour l'autre rive, ils nous diront de faire attention: «Les Français sont durs.» Et nous ne comprendrons pas car nous aurons oublié.

Carnet d'Edmond Charlot
Alger, 1961

29 avril 1961

Inauguration d'une stèle en l'honneur de Camus réalisée par le très talentueux Louis Bénisti, au cœur des ruines de Tipaza. Ça ne pouvait pas être ailleurs. Il y a fait graver un extrait de Noces : *Je comprends ici ce que j'appelle gloire : le droit d'aimer sans mesure.*

Bouleversé.

3 juillet 1961

Des échos sur Amrouche. On me dit qu'il est à l'origine de bien des médisances sur moi, qu'il aurait parlé de malversation et confié à Paulhan que j'étais « malhonnête ». Je tente de faire comprendre à ces colporteurs de rumeurs que ça ne m'intéresse pas. Amrouche était un ami. Peu importe le reste. **Nous étions tous des amis et c'était cela, les éditions Charlot.**

5 septembre 1961

Attentat attribué à l'OAS dans ma librairie, rue Michelet. Nous pensons qu'ils ont fait une erreur et qu'ils visaient quelqu'un d'autre. Tout va bien, même si j'ai perdu environ 20 % de mon fonds.

7 septembre 1961

J'entame dès à présent les réparations et le rangement. Je suis encore secoué.

10 septembre 1961

Nouvelle porte et étagères réparées. Famille envoyée en métropole.

15 SEPTEMBRE 1961.
DEUXIÈME PLASTICAGE
DE MA LIBRAIRIE RIVAGES.
ILS ONT TOUT DÉTRUIT.
LES SALAUDS.

16 septembre 1961

Ma librairie a été entièrement saccagée. J'ai tout perdu, absolument tout : les notes de lecture de Camus, ma correspondance avec Gide, Amrouche et des autres. Des milliers de livres, de documents, de photos et de manuscrits soufflés. Mes précieuses archives ont été réduites à néant ! L'étage du dessus a été soufflé. Il ne me reste que quelques livres et mon carnet personnel. Une vie entière réduite en gravats. Je suis sonné. Quel est le message ? Qu'ont-ils voulu détruire ? Qui ont-ils voulu atteindre ? L'éditeur de *Révolte dans les Asturies* qui n'a même pas 20 ans ? L'éditeur de Vercors ? Ou celui de *L'Algérie vivra française et heureuse* ? Est-ce l'éditeur résistant ou l'homme dans le café qui disait, il y a encore peu, haut et fort, qu'il était contre les bombes qui tuent tous les jours des Arabes ? L'ami de Momo et des autres ? Et Momo… Momo, l'ami de toujours qui, au milieu des décombres… Momo, le barde de la Casbah, Momo est passé me voir et a glissé dans ma poche un rouleau de billets : toutes ses économies.

17 septembre 1961

Vitrine brisée, le verre devant le pas de la porte. Grillage ravagé. Gravats et confettis.

Je n'aurai plus le courage d'encore recommencer.

18 septembre 1961

On a sorti quoi, vingt tonnes de gravats et de confettis ? Les manuscrits de Camus, les lettres de Giono, les maquettes des revues, tous mes bouquins édités depuis 36, les livres légués par mon grand-père… des gravats et des confettis.

24 septembre 1961

Je n'ai plus un sou. Seul à Alger. Avec mes gravats.

5 octobre 1961

On me demande de partir, ma famille m'écrit sans cesse depuis la France, mais je ne peux pas quitter Alger. Tout cela est provisoire.

12 octobre 1961

Le directeur de la station de radio France 5 d'Alger, Georges Drouet, vient à mon secours. Il me charge de diriger les magazines d'information et d'occuper les fonctions de conseiller artistique.

19 octobre 1961

Un journaliste qui prépare un reportage sur Camus – un de plus – m'a demandé s'il y avait des gens que j'avais incité à écrire. Il n'y en a pas qu'un, il y en a des quantités. Je lui ai donné ma recette :

Achetez une table, la plus ordinaire possible, avec un tiroir et une serrure.

Fermez le tiroir et jetez la clé.

Chaque jour, écrivez ce que vous voulez, remplissez trois feuilles de papier.

Glissez-les par la fente du tiroir. Évidemment sans vous relire. À la fin de l'année vous aurez à peu près 900 pages manuscrites. À vous de jouer.

7

Au matin, Ryad compte le nombre de livres qui restent dans la librairie : soixante. Tous les autres ont été noyés. Il fait le tri et met de côté les albums pour enfants.

Dans la rue, toujours cette satanée Renault grise. En passant devant, il croit remarquer une tache bleue sur le siège arrière de la voiture. Il file à travers les ruelles et enfin s'arrête devant l'école primaire de sa petite voisine. Il dit au gardien qu'il souhaite offrir des livres aux enfants. Le gardien se gratte le sommet du crâne, le scrute de haut en bas et lui demande d'attendre devant la porte. À travers le grillage, Ryad aperçoit la cour. Elle est pleine de charme avec son potager et son terrain de foot tracé à la craie. Il y a des bancs en bois sur lesquels les enfants sont assis, occupés à partager un secret, un morceau de chocolat ou des rêves. Un petit garçon brun vêtu d'un T-shirt à rayures et d'une salopette tente de monter en haut d'un poteau. Il ne cesse de glisser, de tomber sur les fesses. Il y retourne, l'air téméraire.

Enfin, le gardien revient en courant, accompagné d'un homme au ventre proéminent.

– Bonjour, bonjour. Oui, on me dit que vous voulez donner des livres ?

– Bonjour, je vide une librairie et j'ai des livres pour les enfants.

– Ah mais c'est formidable, c'est formidable, vraiment. Il faudrait plus de gens comme vous, vous faites la fierté de vos parents, vous êtes formidable.

– Merci… vraiment ce n'est rien… Alors voilà, j'ai environ deux dizaines de livres que je peux vous apporter dès aujourd'hui.

– Ah j'aurais tellement aimé, mais ce ne sera pas possible.

– Pourquoi ?

– Voyez-vous, nous n'avons pas le droit d'accepter des dons personnels.

– Même des livres ?

– Oui, on ne sait jamais.

– Qu'est-ce qu'on ne sait pas ?

– On ne sait pas tant de choses, ah tant de choses ! Qui a écrit les livres, qui les a édités, qui les a imprimés, qui les a vendus, qui les a apportés, qui les lira… non, non, vraiment, cela ne sera pas possible.

– Mais enfin, je ne vais pas les jeter, récupérez-les…

– Écoutez, écrivez un courrier à l'inspecteur au ministère de l'Éducation. Attendez sa réponse, ça peut prendre un certain temps, car il faut que ça passe en commission. Il faudra être patient. Ensuite, vous pourrez nous les apporter.

– Mais…

– Voilà, faites ça. Allez, bonne journée mon fils, et encore merci, les enfants seront contents d'apprendre ce que vous avez voulu faire pour eux.

Le gardien claque la porte au nez de Ryad et le voici de retour rue Hamani. Nous le regardons passer devant cette satanée Renault grise. Il ne fait pas attention aux hommes qui le scrutent nuit et jour. Il ne s'en méfie pas et il a raison : ils ne lui feront rien. Ils ne sont là que pour nous rappeler qu'ils existent et que nous sommes tous surveillés.

À peine Ryad est-il entré dans la librairie que quelqu'un tape à la porte. C'est Sarah, rayonnante dans une salopette en jean, ses cheveux brun-roux lâchés sur ses épaules.

– Eh ben, c'est vide ici.

– Oui.

– Tu sais ce que ça va devenir, maintenant ?

– Oui, le propriétaire va y vendre des beignets.

– Des beignets ? Ah ouais… Bon, les livres qui sont par terre sont ceux que tu veux donner, j'imagine.

– Oui.

– Bon, je veux bien te prendre celui-ci, de Jules Roy, et celui-là de Mohammed Dib. File-moi aussi le Houhou et peut-être encore un Camus. Voilà, j'espère que ça va t'aider.

– Tu ne peux pas en prendre plus ?

– Ah non, c'est déjà trop, mais écoute, si tu veux vraiment t'en débarrasser, apporte-les à la cave-vigie.

– La cave-vigie ?

– C'est dans l'ancienne rue Élisée-Reclus. Jean Sénac y est mort. Bon, je vois à ta tête que tu ne connais pas Sénac… C'était un poète, membre du FLN, un homosexuel avec une grosse barbe. Non, tu ne vois pas ? Il y a des jeunes là-bas qui se réunissent pour écrire de la poésie, fumer, lire. Ils seront contents d'avoir des livres. Si tu veux, je t'y conduis.

Ryad remplit sa valise de livres et suit la jeune femme. Ils remontent des avenues, traversent des places et enfin débouchent sur un semblant de ruelle sale. Sarah l'entraîne vers un immeuble tagué d'une tête de mort :

– Vas-y, c'est en bas, je dois filer, à un de ces quatre.

En entrant dans le hall, Ryad se pince le nez. Il n'ose même pas allumer la lumière, ne veut rien toucher. D'un coup d'épaule, il ouvre la porte, soulève sa valise et entre dans la cave-vigie. Il y a des assiettes, des bouteilles, des verres, des cahiers, des livres. Les murs sont recouverts de photos et de dessins, éclairés par des ampoules nues.

L'endroit empeste la bière.

– Entrez, entrez. Ici, vous êtes chez vous.

Le jeune homme a un livre à la main. Il est très gros, avec une coupe au bol, et il porte des lunettes rondes aux branches en métal.

– Je suis écrivain et poète.

Il lève vers Ryad un regard où se mêlent fausse humilité et fierté.

– Vous écrivez ? Vous n'écrivez pas, cela se voit, c'est bien dommage, soupire-t-il. Les amies ! hurle-t-il.

Ryad sursaute. Trois femmes se tournent vers lui.

– Accueillez donc monsieur qui vient nous rendre visite

Intimidé, Ryad ouvre sa valise sans dire un mot.

– Merveilleux !

Ils se précipitent et s'emparent des bouquins, les ouvrent, touchent les couvertures, hument le papier. Ils ne font plus attention à Ryad qui en profite pour s'éclipser. À peine dehors, une pluie monstrueuse s'abat sur lui. Il court se réfugier aux *Vraies Richesses*. Il ne se résout pas à jeter les étagères dehors à cause de la pluie et d'Abdallah qui veille, il le sait, même si aujourd'hui encore, il n'est pas là. Il finit par aller se coucher sans avoir osé sortir les meubles sur le trottoir.

Le lendemain matin, il ouvre la porte et sent des flocons fondre dans sa main tendue, flocons qui se posent délicatement sur la mer argentée et étincelante, sur le grillage de l'école primaire, sur les tables à l'extérieur du café *Chez Saïd*, sur les poubelles devant la cave-vigie.

Ryad est las d'attendre. L'hiver ne se terminera pas. Il va engloutir Alger tout entière.

Les étagères, le matelas, le bureau, la chaise, le ventilateur, la vieille pancarte rouillée, les photos, le réfrigérateur, le réchaud et le grand portrait de Charlot sont dehors. Du trottoir, en face, Abdallah fixe son univers en train de prendre l'eau, l'air désolé, son drap blanc sur les épaules. Ryad le rejoint.

– Il y a quelques années, une femme est passée ici. Elle était toute petite et avait les cheveux blonds. Elle m'a annoncé que Charlot venait de mourir, à Pézenas. Ça m'a fait quelque chose. Dans la vieille demeure où il a fini sa vie, il était devenu presque aveugle, ce qui l'attristait énormément car il ne pouvait plus lire ni écrire de lettres à ses amis. Il a été incinéré et ses cendres ont été dispersées dans la Méditerranée, son « chez-lui ». La dame m'a raconté aussi qu'il avait appris que cette librairie était restée en état et qu'il en avait été très heureux.

Les gouttes frappent les livres avec un bruit sec, militaire. Abdallah pense qu'on n'habite pas vraiment les lieux, que ce sont eux qui nous habitent. Ryad regarde la grande pancarte « Des jeunes, par des jeunes, pour des jeunes » toute mouillée. Il ne se sent plus jeune. Il a la tête remplie des histoires racontées par Abdallah, ces histoires trop lourdes qui font la grande

Histoire et dont il ne sait que penser. Il a l'impression d'avoir failli à sa mission. Le portrait de Charlot se noie dans l'eau d'Alger.

Depuis la Renault grise, dont le pare-brise est givré, les deux hommes observent Abdallah et Ryad en prenant des notes sur un calepin.

Alger, 2017

Vous irez aux *Vraies Richesses*, n'est-ce pas ? Vous prendrez les ruelles en pente, les descendrez ou les monterez. Vous vous abriterez du soleil qui tape fort. Vous éviterez la rue-Didouche Mourad si pleine de monde, traversée par de nombreuses ruelles comme par une centaine d'histoires, à quelques pas d'un pont que se partagent suicidés et amoureux.

Vous vous arrêterez à la terrasse d'un café et vous n'hésiterez pas à vous y installer pour discuter avec les uns et les autres. Ici, nous ne faisons pas de différence entre ceux que nous connaissons et ceux que nous venons de rencontrer. On vous écoutera avec attention et on vous accompagnera dans vos balades. Vous ne serez plus seul. Vous grimperez les rues, pousserez les lourdes portes en bois, imaginerez ces hommes et ces femmes qui ont tenté de construire ou de détruire cette terre. Vous vous sentirez accablé. Et le bleu au-dessus de vos têtes vous donnera le tournis. Vous vous dépêcherez, le cœur battant, vous irez rue Charras qui ne s'appelle plus comme ça et vous chercherez le 2 bis. Vous ne ferez pas attention à la Renault grise garée sur le côté. Ceux qui sont à l'intérieur n'ont aucun pouvoir. Vous vous retrouverez devant l'ancienne librairie des *Vraies Richesses* dont j'ai imaginé la fermeture mais qui est toujours là. Vous essaierez de pousser la porte vitrée. Elle sera fermée. Le voisin qui gère un restaurant, juste à côté, vous dira : « Il est parti déjeuner, il a bien le droit de manger, lui aussi ! Mais, ne partez pas, patientez, il va revenir. Tenez, je vous offre une limonade. »

Vous attendrez le gardien des lieux, assis sur la marche, à côté de la plante. Il se dépêchera lorsqu'il vous apercevra. Vous pénétrerez enfin dans ce petit local qui fut le point de départ de tant d'histoires. Vous lèverez la tête pour voir le grand portrait de Charlot qui sourit, derrière ses lunettes noires. Oh, pas d'un grand sourire, c'est plus l'air de dire : « Bienvenue, entrez, prenez ce qui vous plaît. » Vous penserez aux mots de Jules Roy : *De cette aventure, dont nous ne savions pas que nous la vivions, il reste pour moi une sorte de mirage. Charlot fut un peu notre créateur à tous, tout au moins notre médecin accoucheur. Il nous a inventés (peut-être même Camus), engendrés, façonnés, cajolés, réprimandés parfois, encouragés toujours, complimentés au-delà de ce que nous valions, frottés les uns aux autres, lissés, polis, soutenus, redressés, nourris souvent, élevés, inspirés. [...] Pour aucun d'entre nous, jamais un mot qui aurait pu laisser entendre que notre génie n'était pas seulement l'avenir de l'Algérie et de la France mais celui de la littérature mondiale. Nous étions les poètes les plus grands, les espoirs les plus fantastiques, nous marchions vers un avenir de légende, nous allions conférer la gloire à notre terre natale. [...] Nous fûmes son rêve. C'est là que le sort le trompa, injustement, comme se lève une tempête sur une mer calme. À la bourrasque il tint tête tant qu'il put. Je ne l'entendis jamais protester contre l'injustice ni maudire l'infortune qui l'accablait. Par moments, il m'arrive de me demander si nous avons été assez dignes de lui.*

Un jour, vous viendrez au 2 bis de la rue Hamani, n'est-ce pas ?

Sources

Un an à écumer les fonds d'archives. À rencontrer les copains de Charlot. À dévorer bouquins, interviews et documentaires. Surtout, il fallait rouvrir les petits livres jaunes de Domens qui sont comme des talismans, piocher dans les souvenirs d'Edmond Charlot, prendre quelques mots ici, des phrases là, broder, imaginer. Enfin, rappeler la recette qu'il donna à ceux qui voulaient écrire. La recette est généreuse. Son auteur aussi.

Livres

Fanny Colonna, *Instituteurs algériens (1883-1939)*, Les Presses de Sciences Po, 1975.

Jean Amrouche et Jules Roy, *D'une amitié. Correspondance Jean Amrouche-Jules Roy (1937-1962)*, Édisud, 1985.

Michel Puche, *Edmond Charlot éditeur*, Domens, 1995 (préface de Jules Roy).

Collectif, *Audisio, Camus, Roblès, frères de soleil, leurs combats. Autour d'Edmond Charlot*, Édisud, 2003.

Angie David, *Dominique Aury. La vie secrète de l'auteur d'*Histoire d'O, Éditions Léo Scheer, 2006.

Edmond Charlot et Frédéric Jacques Temple, *Souvenirs d'Edmond Charlot, entretiens avec Frédéric Jacques Temple*, Domens, 2007.

Hamid Nacer-Khodja, *Sénac chez Charlot*, coll. « Méditerranée vivante/essais », Domens, 2007.

Jean El Mouhoub Amrouche, *Journal (1928-1962)*, édité et présenté par Tassadit Yacine Titouh, Non Lieu, 2009.

Gaston Gallimard et Jean Paulhan, *Correspondance (1919-1968)*, édité par Laurence Brisset, Gallimard, 2011.

« Sortir du colonialisme », *Le 17 octobre 1961 par les textes de l'époque*, préface de Gilles Manceron, postface d'Henri Pouillot, Les Petits Matins, 2011.

José Lenzini, *Mouloud Feraoun. Un écrivain engagé*, préface de Louis Gardel, Actes Sud/Solin, 2013.

Bernard Mazo, *Jean Sénac, poète et martyr*, Seuil, 2013.

Guy Dugas, *Roblès chez Charlot*, coll. « Méditerranée vivante/essais », Domens, 2014.

François Bogliolo, Jean-Charles Domens, Marie-Cécile Vène, *Edmond Charlot. Catalogue raisonné d'un éditeur méditerranéen*, Domens, 2015.

Collectif (sous la direction de Michel Puche), *Rencontres avec Edmond Charlot*, Domens, 2015.

Collectif (sous la direction de Guy Dugas), *Des écrivains chez Charlot*, Domens/El Kalima, 2016.

Collectif (sous la direction de Guy Dugas), *Edmond Charlot, passeur de culture. Actes du colloque Montpellier-Pézenas. Centenaire Edmond Charlot 2015*, Domens, 2017.

Article

Sorj Chalandon, « Il y a du sang dans Paris », *Libération*, 12 et 13 octobre 1991.

Films

Frédéric Jacques Temple, Geoffroy Pieyre de Mandiargues, *Alger au temps des « Vraies Richesses »*, ADL Production, FR3, 1991, 52 minutes.

Michel Vuillermet, *Edmond Charlot, éditeur algérois*, Tara Films / ENTV, 2005, 52 minutes.

Fonds d'archives

Lettres de Jean Amrouche, Bibliothèque littéraire Jacques Doucet.

Dossier *L'Arche*, fonds Robert Aron, Bibliothèque de documentation internationale contemporaine de Nanterre.

Dossier Éditions Charlot, Bibliothèque littéraire Jacques Doucet.

Lettres d'Edmond Charlot à Adrienne Monnier, Bibliothèque littéraire Jacques Doucet.

Gallica/BNF pour les articles de presse de l'époque, notamment les archives du journal *L'Écho d'Alger*.

Fonds Armand Guibert, « Patrimoine méditerranéen », Bibliothèque interuniversitaire de Montpellier.

Remerciements

À Frédéric Jacques Temple, Guy Dugas, Jean-Charles Domens, Marie-Cécile Vène et Michel Puche pour avoir partagé leurs histoires avec moi.

RÉALISATION : IGS-CPÀL'ISLE-D'ESPAGNAC
IMPRESSION : CPI FRANCE
DÉPÔT LÉGAL : SEPTEMBRE 2018. N° 138710-3 (3035656)
IMPRIMÉ EN FRANCE

Éditions Points

DERNIERS TITRES PARUS

P4920. Kintsukuroi. L'art de guérir les blessures émotionnelles
Tomás Navarro
P4921. Le Parfum de l'hellébore, *Cathy Bonidan*
P4922. Bad Feminist, *Roxane Gay*
P4923. Une ville à cœur ouvert, *Żanna Słoniowska*
P4924. La Dent du serpent, *Craig Johnson*
P4925. Quelque part entre le bien et le mal
Christophe Molmy
P4926. Quatre lettres d'amour, *Niall Williams*
P4927. Madone, *Bertrand Visage*
P4928. L'étoile du chien qui attend son repas, *Hwang Sok-Yong*
P4929. Minerai noir. Anthologie personnelle et autres recueils
René Depestre
P4930. Les Buveurs de lumière, *Jenni Fagan*
P4931. Nicotine, *Gregor Hens*
P4932. Et vous avez eu beau temps ? La perfidie ordinaire
des petites phrases, *Philippe Delerm*
P4933. 10 règles de français pour faire 99 % de fautes en moins
Jean-Joseph Julaud
P4934. Au bonheur des fautes. Confessions d'une dompteuse
de mots, *Muriel Gilbert*
P4935. Falaise des fous, *Patrick Grainville*
P4936. Dernières nouvelles du futur, *Patrice Franceschi*
P4937. Nátt, *Ragnar Jónasson*
P4938. Kong, *Michel Le Bris*
P4939. La belle n'a pas sommeil, *Éric Holder*
P4940. Chien blanc et balançoire, *Mo Yan*
P4941. Encore heureux, *Yves Pagès*
P4942. Offshore, *Petros Markaris*
P4943. Le Dernier Hyver, *Fabrice Papillon*
P4944. «Les excuses de l'institution judiciaire» : l'affaire
d'Outreau, 2004. *Suivi de* «Je désire la mort» : l'affaire
Buffet-Bontems, 1972, *Emmanuel Pierrat*
P4945. «On veut ma tête, j'aimerais en avoir plusieurs à vous
offrir» : l'affaire Landru, 1921. *Suivi de* «Nous voulons
des preuves» : l'affaire Dominici, 1954, *Emmanuel Pierrat*
P4946. «Totalement amoral» : l'affaire du Dr Petiot, 1946.
Suivi de «Vive la France, quand même ! » : l'affaire
Brasillach, 1946, *Emmanuel Pierrat*
P4947. Grégory. Le récit complet de l'affaire
Patricia Tourancheau

P4948. Génération(s) éperdue(s), *Yves Simon*
P4949. Les Sept Secrets du temps, *Jean-Marc Bastière*
P4950. Les Pierres sauvages, *Fernand Pouillon*
P4951. Lettres à Nour, *Rachid Benzine*
P4952. Niels, *Alexis Ragougneau*
P4953. Phénomènes naturels, *Jonathan Franzen*
P4954. Le Chagrin d'aimer, *Geneviève Brisac*
P4955. Douces déroutes, *Yanick Lahens*
P4956. Massif central, *Christian Oster*
P4957. L'Héritage des espions, *John le Carré*
P4958. La Griffe du chat, *Sophie Chabanel*
P4959. Les Ombres de Montelupo, *Valerio Varesi*
P4960. Le Collectionneur d'herbe, *Francisco José Viegas*
P4961. La Sirène qui fume, *Benjamin Dierstein*
P4962. La Promesse, *Tony Cavanaugh*
P4963. Tuez-les tous... mais pas ici, *Pierre Pouchairet*
P4964. Judas, *Astrid Holleeder*
P4965. Bleu de Prusse, *Philip Kerr*
P4966. Les Planificateurs, *Kim Un-Su*
P4967. Le Filet, *Lilja Sigurdardóttir*
P4968. Le Tueur au miroir, *Fabio M. Mitchelli*
P4969. Tout le monde aime Bruce Willis
       Dominique Maisons
P4970. La Valeur de l'information. *Suivi de* Combat pour
       une presse libre, *Edwy Plenel*
P4971. Tristan, *Clarence Boulay*
P4972. Treize jours, *Roxane Gay*
P4973. Mémoires d'un vieux con, *Roland Topor*
P4974. L'Étang, *Claire-Louise Bennett*
P4975. Mémoires au soleil, *Azouz Begag*
P4976. Écrit à la main, *Michael Ondaatje*
P4977. Journal intime d'un touriste du bonheur
       Jonathan Lehmann
P4978. Qaanaaq, *Mo Malø*
P4979. Faire des pauses pour se (re)trouver, *Anne Ducrocq*
P4980. Guérir de sa famille par la psychogénéalogie
       Michèle Bromet-Camou
P4981. Dans le désordre, *Marion Brunet*
P4982. Meurtres à Pooklyn, *Mod Dunn*
P4983. Iboga, *Christian Blanchard*
P4984. Paysage perdu, *Joyce Carol Oates*
P4985. Amours mortelles. Quatre histoires où l'amour
       tourne mal, *Joyce Carol Oates*
P4986. J'ai vu une fleur sauvage. L'herbier de Malicorne
       Hubert Reeves
P4987. La Course de la mouette, *Barbara Halary-Lafond*

P4988. Poèmes et antipoèmes, *Nicanor Parra*
P4989. Herland, *Charlotte Perkins Gilman*
P4990. Dans l'épaisseur de la chair, *Jean-Marie Blas de Roblès*
P4991. Ouvre les yeux, *Matteo Righetto*
P4992. Dans les pas d'Alexandra David-Néel. Du Tibet
au Yunnan, *Éric Faye, Christian Garcin*
P4993. Lala Pipo, *Hideo Okuda*
P4994. Mes prolongations, *Bixente Lizarazu*
P4995. Moi, serial killer. Les terrifiantes confessions
de 12 tueurs en série, *Stéphane Bourgoin*
P4996. Les Sorcières de la République, *Chloé Delaume*
P4997. Les Chutes, *Joyce Carol Oates*
P4998. Petite Sœur mon amour, *Joyce Carol Oates*
P4999. La douleur porte un costume de plumes, *Max Porter*
P5000. L'Expédition de l'espoir, *Javier Moro*
P5001. Séquoias, *Michel Moutot*
P5002. Indu Boy, *Catherine Clément*
P5005. L'argent ne fait pas le bonheur mais les luwak si
Pierre Derbré
P5006. En camping-car, *Ivan Jablonka*
P5007. Beau Ravage, *Christopher Bollen*
P5008. Ariane, *Myriam Leroy*
P5009. Est-ce ainsi que les hommes jugent ?
Mathieu Menegaux
P5010. Défense de nourrir les vieux, *Adam Biles*
P5011. Une famille très française, *Maëlle Guillaud*
P5012. Le Hibou dans tous ses états, *David Sedaris*
P5013. Mon autre famille : mémoires, *Armistead Maupin*
P5014. Graffiti Palace, *A. G. Lombardo*
P5015. Les Monstres de Templeton, *Lauren Groff*
P5016. Falco, *Arturo Pérez-Reverte*
P5017. Des nuages plein la tête. Un pâtre en quête d'absolu
Brice Delsouiller
P5018. La Danse du chagrin, *Bernie Bonvoisin*
P5019. Peur, *Bob Woodward*
P5020. Secrets de flic. Guerre des polices, stups et mafia,
l'ex-patron de la PJ raconte, *Bernard Petit*
P5023. Passage des ombres, *Arnaldur Indridason*
P5024. Les Saisons inversées, *Renaud S. Lyautey*
P5025. Dernier Été pour Lisa, *Valentin Musso*
P5026. Le Jeu de la défense, *André Buffard*
P5027. Esclaves de la haute couture, *Thomas H. Cook*
P5028. Crimes de sang-froid, *Collectif*
P5029. Missing : Germany, *Don Winslow*
P5030. Killeuse, *Jonathan Kellerman*
P5031. #HELP, *Sinéad Crowley*

P5032. L'humour au féminin en 700 citations
Macha Méril & Christian Poncelet
P5033. Baroque Sarabande, *Christian Taubira*
P5034. Moins d'ego, plus de joie ! Un chemin pour se libérer
Christopher Massin
P5035. Le Monde selon Barney, *Mordecai Richler*
P5036. Portrait de groupe avec dame, *Heinrich Böll*
P5037. Notre-Dame. Une anthologie de textes d'écrivains
P5003. Les cigognes sont immortelles, *Alain Mabanckou*
P5038. La chance de leur vie, *Agnès Desarthe*
P5039. Forêt obscure, *Nicole Krauss*
P5040. Des pierres dans ma poche, *Kaouther Adimi*
P5041. Einstein, le sexe et moi, *Olivier Liron*
P5042. Carnaval noir, *Metin Arditi*
P5043. Roissy, *Tiffany Tavernier*
P5044. Darling days, *iO Tillett Wright*
P5045. Le bleu du lac, *Jean Mattern*
P5046. Qui a tué mon père, *Edouard Louis*
P5047. Les enfants de cœur, *Heather O'Neill*
P5048. L'aurore, *Selahattin Demirtas*
P5049. Comment t'écrire adieu, *Juliette Arnaud*
P5050. Le Syndrome de la chouquette
Nicolas Santolaria
P5051. Ça commence par moi, *Julien Vidal*
P5052. Les Papillons de comptoirs, *Jean-Marie Gourio*
P5053. La vita nuova, *Dante*
P5054. Sótt, *Ragnar Jónasson*
P5055. Sadorski et l'ange du péché, *Romain Slocombe*
P5056. D'argent et de sang, *Fabrice Arfi*
P5057. Débranchez-vous !, *Matt Haig*
P5058. Hôtel Waldheim, *François Vallejo*
P5059. Des raisons de se plaindre, *Jeffrey Eugenides*
P5060. Manuel de survie à l'usage des jeunes filles
Mick Kitson
P5061. Seul à travers l'atlantique, *Alain Gerbault*
P5062. La terre magnétique, *Edouard Glissant*
P5063. Dans mes pas, *Jean-Louis Etienne*
P5064. Raga. Approche du continent invisible
Jean-Marie Gustave Le Clézio
P5065. Mais ne sombre pas, *Aristide Barraud*
P5066. La Vie sexuelle en France, *Janine Mossuz-Lavau*
P5067. Dégradation, *Benjamin Myers*
P5068. Les Disparus de la lagune, *Donna Leon*
P5069. L'homme qui tartinait une éponge
Colette Roumanoff
P5070. La massaia, *Paola Masino*